Louise (Tour)

Georges Simenon

Il pleut bergère...

Gallimard

Georges Simenon naît à Liège le 13 février 1903.

Après des études chez les jésuites, il devient, en 1919, apprenti pâtissier, puis commis de librairie, et enfin reporter et billettiste à *La Gazette de Liège*. Il publie en souscription son premier roman, *Au pont des Arches*, en 1921 et quitte Liège pour Paris. Il se marie en 1923 avec «Tigy», et fait paraître des contes et des nouvelles dans plusieurs journaux. *Le roman d'une dactylo,* son premier roman «populaire» paraît en 1924, sous un pseudonyme. Jusqu'en 1930, il publie contes, nouvelles, romans chez différents éditeurs.

En 1931, le commissaire Maigret commence ses enquêtes... On tourne les premiers films adaptés de l'œuvre de Georges Simenon. Il alterne romans, voyages et reportages, et quitte son éditeur Fayard pour les Éditions Gallimard où il rencontre André Gide.

Durant la guerre, il est responsable des réfugiés belges à La Rochelle et vit en Vendée. En 1945, il émigre aux États-Unis. Après avoir divorcé et s'être remarié avec Denise Ouimet, il rentre en Europe et s'installe définitivement en Suisse.

La publication de ses œuvres complètes (72 volumes!) commence en 1967. Cinq ans plus tard, il annonce officiellement sa décision de ne plus écrire de romans.

Georges Simenon meurt à Lausanne en 1989.

I

J'étais assis par terre, près de la fenêtre en demi-lune, au milieu de mes petits meubles et de mes animaux. Mon dos touchait presque l'énorme tuyau de poêle qui, venant du magasin et traversant le plancher, allait se perdre dans le plafond après avoir chauffé la pièce. C'était amusant car, quand le feu, en bas, ne ronflait pas, le tuyau conduisait le son et j'entendais distinctement tout ce qui se disait.

Il pleuvait noir. Ma mère prétend que l'expression est de moi. Elle affirme même que je l'ai employée alors que j'étais encore sur les bras. Mais, pour ce qui est des souvenirs, il ne faut pas trop se fier à ma mère. Nous sommes rarement d'accord dans ce domaine. Ses souvenirs à elle sont douceâtres et de teintes passées comme les images religieuses bordées de dentelle en papier qu'on glisse dans les livres de messe. Si je lui rappelle une histoire de notre passé commun, elle s'effare, s'indigne :

— Mon Dieu, Jérôme ! Comment peux-tu dire des choses pareilles ? Tu vois tout en laid ! D'ailleurs, tu étais trop petit. Il est impossible que tu te souviennes...

Alors, si je ne suis pas dans un de mes jours de bonté, je joue à un jeu cruel.

— Tu te souviens de certain samedi soir, quand j'avais cinq ans ?

— Quel samedi soir ? Qu'est-ce que tu vas encore chercher ?

— La fois que j'étais dans le bain quand père est rentré et que...

Elle rougit, détourne la tête. Puis, bien vite, elle me lance un coup d'œil furtif.

— Je t'assure que tu te fais des idées.

C'est moi qui ai raison. Mes souvenirs d'enfance, y compris ceux de ma très petite enfance, par exemple quand j'avais trois ans, sont d'une netteté cruelle et, après tant d'années, je sens encore les odeurs, j'entends le son des voix ; leur étrange résonance, entre autres, dans l'escalier en colimaçon qui réunissait la pièce où je me tenais à la boutique située juste en dessous.

Si je parlais à ma mère de l'arrivée chez nous de tante Valérie, elle jurerait que j'invente, tout au moins que j'exagère, et je pense qu'elle serait en partie de bonne foi.

Et pourtant...

Pleuvoir noir, en tout cas, reste pour moi quelque chose de bien spécial, quelque chose d'intimement lié à notre petite ville normande, à la place du marché que nous habitions, à certaine époque de l'année, voire à certaines heures de la journée.

Il ne s'agit ni des abondantes pluies d'orage que je voyais passer en grosses gouttes claires derrière les vitres de ma fenêtre en demi-lune et qui crépitaient sur le rebord de zinc et sur les pavés de la place, ni des pluies en brouillard du pâle hiver.

Quand il pleuvait noir, d'abord, la pièce basse de plafond était sombre et tout le fond, vers la cloison qui la séparait de la chambre de mes parents, était feutré de pénombre. Par contre, du trou dans le plancher par où passait l'escalier en colimaçon, émanait la lueur du gaz allumé dans le magasin.

De ma place, je ne pouvais guère apercevoir de ciel. Toutes les vieilles maisons de la place, au milieu de laquelle se dressait le marché couvert avec son toit d'ardoises, avaient été bâties à la fois, jadis, sur un modèle unique. Les fenêtres du rez-de-chaussée, où il n'y avait que des boutiques, étaient très hautes, terminées en plein cintre. Par la suite, on les avait coupées en deux dans le sens de la hauteur, et on avait ajouté un plancher, ce qui avait fourni un entresol.

Si bien que cet entresol était éclairé par une demi-lune à ras de plancher.

J'étais là, au milieu de mes jouets, et la lumière m'arrivait plutôt des reflets sur les pavés mouillés que du ciel. La plupart des boutiques, comme la nôtre, s'éclairaient. J'entendais parfois le timbre de la porte du pharmacien, ou la sonnette de chez nous. Le crépuscule durait des heures, peuplé de silhouettes qui passaient vite, de parapluies luisants, de sabots qui claquaient vite ; la fumée qui s'épaississait dans le café Costard ; la voix sucrée de ma mère, en bas, de ma mère qui avait toujours peur de ne pas être assez polie, assez convenable, murmurait :

— Mais oui, Madame... Je vous le garantis bon teint... C'est un article que nous suivons depuis des années, et nous n'avons jamais eu de reproche...

Est-ce que la pluie tombait vraiment ? Elle coulait plutôt comme une rivière, dans un mouvement doux et régulier. Puis, quand il faisait tout à fait noir, ma mère appelait au pied de l'escalier :

— Jérôme !... Il est temps de descendre...

Pour ne pas allumer plusieurs becs.

Comment ne comprend-elle pas que le moindre changement dans les rites quotidiens devait fatalement se graver dans ma mémoire ? Ainsi je me souviens des deux semaines pendant lesquelles l'horloge du marché est restée sur neuf heures dix, et du petit homme barbu qui a passé toute la journée, juché sur une échelle de pompier, à la réparer.

Pour tante Valérie, c'est encore plus net, d'autant plus que j'avais sept ans et, si je n'étais pas en classe, c'est qu'on parlait d'une épidémie de scarlatine ; or, ma mère avait encore plus peur des épidémies que de ce qui n'est pas convenable.

D'abord, il y a eu, derrière notre maison, dans ce qu'on appelle la cour des Métiers, un son pointu de trompette. Ça, c'était le retour de mon père, avec la voiture et les deux chevaux. Je n'ai pour ainsi dire jamais vu mon père le matin, car il partait bien avant le lever du jour. Parfois il allait loin, à quatre ou cinq lieues, selon les foires où, dès huit heures, sa marchandise était rangée sur ses tréteaux. D'autres fois il se rendait dans quelque village voisin et rentrait de bonne heure.

C'était le cas. Je devais être engourdi par la chaleur et par ma pluie noire, car je ne me dérangeai pas comme je le faisais souvent ; je n'allai pas dans la chambre de mes parents pour regarder par la fenêtre la grande voiture noire, à quatre roues, où on avait peint en jaune : *André Lecœur — Tissus et Confections — Maison de confiance.*

Les chevaux s'appelaient Café et Calvados. Le vieux qui les soignait, qui accompagnait mon père dans les foires et qui dormait au-dessus de l'écurie, s'appelait Urbain.

Ce qui me fit lever la tête, ce jour-là, ce fut d'entendre mon père qui poussait la porte de derrière au lieu de rentrer d'abord sa marchandise pendant qu'Urbain dételait les bêtes. Il y avait quelqu'un dans le magasin. Mon père attendit, sans doute en se chauffant les mains au-dessus du poêle. Puis la sonnette donna ses quelques notes en même temps que le « Bonsoir, Madame, ne vous donnez pas la peine... » de ma mère.

— Il faut que je te parle..., dit alors mon père. Tu ferais mieux d'appeler mademoiselle Pholien...

Pourquoi ai-je gardé de cette journée un souvenir dramatique ? Il arrivait souvent d'appeler mademoiselle Pholien. C'était amusant. Ma mère montait dans la pièce où je me tenais et qu'on appelait simplement « la pièce ». Elle prenait un bougeoir sur la cheminée et elle en frappait contre le mur. Il fallait frapper plusieurs fois. Enfin, on entendait s'arrêter le murmure d'une machine à coudre, car mademoiselle Pholien était couturière.

— Vous voulez venir garder le magasin, mademoiselle Pholien ?

C'était drôle de voir ma mère, toujours si mesurée, crier ces mots à tue-tête en regardant un mur couvert de papier qui représentait des perroquets. Puis d'entendre, venant comme d'une caverne, une autre voix qui disait :

— J'arrive, madame Lecœur !

Mon père n'avait pas retiré son ciré. Des gouttelettes tremblaient dans ses moustaches blondes, et c'est distraitement qu'il m'accorda un :

— Bonjour, fils...

Il ouvrit la porte de sa chambre. J'entendis mieux le heurt des sabots des chevaux qu'on dételait. En bas, ma mère disait à mademoiselle Pholien :

— Cela ne vous dérange pas trop ?... Je ne sais pas ce que je ferais si je ne vous avais pas...

Puis elle montait. Sa tête émergeait la première

15

du trou dans le plancher, avec le gros rouleau de cheveux blondasses, couronnant le front, et le chignon en équilibre, puis le corsage rondelet soudain étranglé par la large ceinture de cuir verni qui semblait couper ma mère en deux.

Inquiète, elle regarda mon père, puis moi, et je compris qu'elle se demandait si je pouvais assister à l'entretien.

— J'ai vu tante Valérie ! annonça mon père qui inspectait nos deux pièces comme en prévision d'un déménagement.

— Qu'est-ce qu'elle a dit ?

— Elle ne peut presque plus marcher... La personne qui allait faire son ménage l'a quittée à la suite de je ne sais quelle histoire... J'ai proposé à ma tante de venir habiter chez nous...

Pauvre mère, avec son visage effaré, sa bouche ouvrant sous le coup de la stupeur, de l'effroi, et ne laissant jaillir qu'un tout frêle :

— Ici ?

Mon père avait enfin retiré son ciré et ses souliers à clous. Il entra dans sa chambre pour allumer le gaz.

— Je t'expliquerai... Elle est décidée à reprendre sa maison... Elle intentera un procès s'il le faut... Tu vois ce que cela signifie ?... Le gamin dormira avec nous... On dressera un lit dans la pièce pour tante Valérie...

— Nous n'avons pas de lit...

— J'en ai acheté un à une vente... Urbain va le monter...

— Quand arrive-t-elle ?

— Demain...

La porte de la chambre se referma et je n'entendis plus qu'un murmure. Je regardai dehors. Je me souviens qu'à ce moment, dans la seconde maison à gauche de la rangée perpendiculaire à la nôtre, je vis Albert qui, le visage collé à la vitre, m'observait.

Nous ne nous étions jamais parlé. Il devait avoir à peu près mon âge, c'était difficile à dire, car il portait encore les cheveux longs comme une fille et on ne l'habillait pas comme les autres garçons.

Il occupait avec sa grand-mère une pièce exactement semblable à la mienne, au-dessus du marchand de grains, avec la même fenêtre en demi-lune, si bien que, si je voyais Albert en entier, je ne connaissais guère que le bas du corps de sa grand-mère.

— Il faut absolument le retrouver ! cria soudain mon père.

La porte s'ouvrit. Ma mère pleurait d'énervement, ce qui lui arrivait assez souvent. Elle était très petite, boulotte ; la masse de ses cheveux lui faisait une grosse tête. Elle avait le teint très clair, les yeux bleus.

— Je vais voir au grenier, dit-elle. Tu as des allumettes ?

Elle alluma une bougie et je la vis aller du plancher au plafond dans cet étrange escalier tournant, pousser de ses épaules une trappe par laquelle elle disparut. Mon père, pendant ce temps, contemplait les deux pièces d'un œil critique puis, haussant les épaules, se mettait en devoir de démonter mon lit-cage qui ne passait pas par la porte. Ma mère marchait au-dessus de nos têtes, remuant des caisses, des objets lourds. J'avais entendu trois personnes au moins entrer dans le magasin. Et, au milieu de la place, devant le marché couvert qui ne servait que le matin, quelques marchandes avaient allumé une lampe à acétylène sur un coin de leur étal en plein vent.

Il pleuvait toujours, toujours plus noir.

— Tu l'as ?

— Je crois... Attends...

Elle était montée sur quelque chose. Elle fit dégringoler des cartons et mon père resta en éveil, le visage tourné vers le plafond.

— Tu veux que je t'aide ?

— Non... Je l'ai...

18

Quand elle redescendit, elle tenait à la main un cadre noir dans lequel, sous un verre cassé, il y avait un portrait de femme à manches à gigot.

— C'est toi qui as cassé le verre ?

— Mais non, André... Souviens-toi... C'est toi-même, le jour où tu étais tellement en colère contre elle... Tu avais jeté le portrait à la poubelle et si...

Mon père me regarda, marcha vers moi.

— Ecoute, fils... Ta tante Valérie arrive demain matin... Elle va vivre avec nous... Il ne faudra jamais répéter, tu entends, des choses que tu as entendu dire sur elle.

Je me suis demandé longtemps et je me demande encore de quelles choses il s'agissait.

— Dis donc, Henriette... C'est tout ce qu'il a à se mettre, le petit ?

— Je voulais lui faire faire un nouveau costume par mademoiselle Pholien...

— Si tu allais lui acheter des vêtements convenables ? Je n'ai pas envie que tante Valérie nous prenne pour...

Je ne me souviens pas du mot qu'il a prononcé. Mon père était soucieux. Le gaz marchait mal. Nous avions encore, sauf dans le magasin, des manchons droits, et il paraît que la pression était insuffisante. En tout cas, le haut du manchon était toujours noirâtre. Mon père, avec sa tête, touchait presque le plafond en bois verni. Dans les gouttes d'eau qui roulaient sur les vitres scintillaient les lumières de la place.

— Tu crois que j'ai le temps ?

— Mademoiselle Pholien peut bien rester une heure de plus... Habille-toi, Jérôme...

La maison avait la fièvre. Cette journée-là ne ressemblait à aucune autre. Je revois les allées et venues dans les pièces, basses de plafond et mal éclairées, mon lit démonté, un autre lit, celui-là d'acajou, dont Urbain apportait pesamment les pièces détachées.

Ma mère devant la glace, piquant des épingles dans son chignon et serrant un filet sur la masse de ses cheveux...

— Il a besoin de souliers..., dit-elle, des épingles entre les lèvres.

— Eh bien ?

— Si je t'en parle, c'est que tu prétends toujours que...

Mes jouets restaient sur le plancher.

— Habille-toi vite, Jérôme...

Ma mère a pris de l'argent dans le comptoir et elle avait l'air résigné qu'elle adoptait dans les grandes circonstances.

— J'abuse de vous, n'est-ce pas, mademoiselle

20

Pholien ?... Je ferai aussi vite que possible... Une personne de plus, quand on est logé comme nous le sommes... Enfin !...

La rue et la pluie froide. Elle me tenait par la main. J'étais un peu en arrière. Je me laissai traîner, puis soudain j'avançais de quelques pas pour me retrouver en avance sur ma mère.

— Qu'est-ce qu'on va m'acheter ?

— Un costume... Tu devras être très gentil avec tante Valérie... C'est une vieille personne... Elle est presque impotente...

Non seulement je ne l'avais jamais vue, mais je n'avais entendu que de vagues allusions à son existence.

La place du marché était sombre. Les magasins étaient éclairés au gaz et les petits cafés avaient des vitres dépolies, certaines dont le dépoli dessinait des arabesques compliquées.

Au coin de la rue Saint-Yon, il existait une zone de lumière vive, d'une lumière extraordinaire, blafarde, presque bleue, animée d'un étrange tremblement : c'était l'épicerie Wiser, la seule du quartier à posséder, dehors, au-dessus des étalages, de grosses lampes à arc.

— Je veux un costume chasseur, déclarai-je.

Nous marchions vite. Ma mère penchait son

parapluie devant elle, car le vent nous arrivait de face.

— Fais attention aux flaques d'eau...

Et je ne revois autour de nous que des silhouettes noires, fuyantes.

Nous sommes entrés au « Bon Laboureur », la grande maison de confection, avec ses deux étages de magasins.

— C'est pour le petit, madame Lecœur ?

Des mannequins. Un vieux vendeur qui sentait la nicotine et qui me soufflait au visage en m'essayant des vêtements.

— Je veux un costume chasseur...

— Vous avez des costumes chasseur pour son âge ?... Vous pensez que c'est convenable ?

Car je n'avais encore eu que des costumes marin. On me déshabillait. On me tripotait.

— Ce n'est pas trop salissant ?

Pauvre mère ! Impossible de trouver un ton plus neutre et plus triste que celui du costume gris à petits carreaux qu'elle avait choisi.

— Vous vendez des cols pour allez avec ?

Je portais le carton. Ma mère resta longtemps à la caisse : elle bénéficiait, comme commerçante, de dix pour cent de ristourne.

— La tante de mon mari nous arrive demain. Je

ne sais pas comment nous ferons, alors que nous manquons déjà de place...

L'employé à la nicotine me remit un lot de devinettes mal imprimées, mais c'étaient toutes les mêmes : « Cherchez le Bulgare »...

La maison d'à côté fabriquait du chocolat et une chaude odeur montait comme une haleine de la cave grillagée.

— Il te faut des souliers... On n'a pas le temps de les faire faire... Enfin !...

Ma mère avait mis son manteau de drap noir, forme jaquette, à godets, avec une étroite fourrure de martre qu'elle agrafait autour de son cou.

— Laissez-moi faire... Surtout ne dis pas que nous sommes clients chez Nagelmakers... Ils ne nous feraient pas de prix... Tu n'as pas de trous à tes bas, au moins ?...

Il lui fallut sortir une fois de plus le gros porte-monnaie noir. Tout était noir, ce jour-là, les vêtements de ma mère et des passants, les pavés, les maisons noyées d'ombre et le ciel au-dessus de nos têtes.

— J'ai besoin d'une cravate, fis-je remarquer.

— Nous avons assez de ruban à la maison... Je t'en ferai une...

— Bleue à petits pois...

— On verra... Regarde où tu marches...

C'était si rare que je sorte avec ma mère, esclave, comme elle disait, du magasin, que quand cela arrivait elle ne manquait jamais de m'emmener manger des gâteaux chez Hosay. Elle n'y pensa pas. Préoccupé par mon nouveau costume, je n'y pensai pas davantage, ou plutôt j'y pensai quand nous avions déjà dépassé la maison.

Parfois nous longions des trottoirs déserts, dans des rues à peine éclairées, puis soudain on s'enfonçait dans la clarté et dans la tiédeur d'un quartier commerçant.

— J'ai envie de rapporter du poisson pour souper...

Ma mère parlait toute seule.

— Ou plutôt non... Cela sentirait encore dans toute la maison...

C'était tellement petit, chez nous ! Tout de suite après le magasin, il y avait une pièce carrée, à la fois cuisine, salle à manger et arrière-boutique, avec une table ronde au milieu et une porte vitrée voilée de rideaux qu'on tirait un peu pour surveiller le magasin.

Ce qu'on appelait la pièce, au-dessus de ce magasin, me servait de chambre la nuit, et mes parents dormaient à côté, séparés de moi par une cloison de bois sur laquelle on avait collé du papier peint.

— Tu te laisses traîner, Jérôme !... Essaie de ne pas m'énerver un jour comme aujourd'hui...

Nous étions presque chez nous. J'apercevais la fameuse lumière de chez Wiser quand, dans cette lumière précisément, je vis deux hommes qui couraient, penchés en avant, tenant devant eux des liasses de journaux qu'ils venaient de prendre à la gare. C'était l'heure des journaux de Paris, mais d'habitude on ne courait pas de la sorte.

Les gens s'arrêtaient, suivaient les vendeurs des yeux, et je retrouvais sur les physionomies l'expression soucieuse qui m'avait frappé chez mon père et chez ma mère ce jour-là.

— Demandez *Le Petit Parisien*... Édition spéciale... Ferrer a été fusillé !... Demandez la mort de Ferrer...

Je savais bien qu'il y avait quelque chose dans l'air, que cette journée n'était pas une journée ordinaire ! La preuve, c'est que les vendeurs haletaient ! Une autre preuve : des hommes s'étaient groupés, quatre ou cinq, des ouvriers, qui venaient d'acheter des journaux, et deux agents s'avançaient vers eux.

— Allons !... Circulez !... Pas de rassemblement...

Ils reculaient lentement, à contrecœur. Les agents les poussaient avec fermeté. Des vendeurs

25

de chez Wiser, avec leur blouse grise, étaient debout sur le seuil, avec des clientes. Qu'est-ce qu'on regardait ? Qu'est-ce qu'il y avait à voir ?

— Demandez l'exécution de Ferrer...

Un de ceux qui criaient les journaux avait sur la tête une vieille casquette à visière toute cassée, et cela représentait exactement à mes yeux ce que ma mère appelait un voyou. Sa voix était éraillée. Il semblait défier quelqu'un ou quelque chose. Il ne portait pas de pardessus. Il courait, toujours penché en avant, avec ses journaux qui se mouillaient.

— Demandez...

Et je sentais je ne sais quelle satisfaction autour de moi, la satisfaction de la chose qui se déclenche, du drame qui a longtemps couvé et qui éclate.

— Mon Dieu..., soupira ma mère en m'entraînant, comme si elle craignait une bagarre.

— Demandez...

Elle faisait un détour, changeait de trottoir pour ne pas passer près des ouvriers qui ne reculaient qu'à regret et qu'avec mauvaise grâce.

— Il va encore y avoir des grèves...

Etait-ce à moi qu'elle disait cela ?

En tout cas, en arrivant devant notre porte, elle poussa un soupir de soulagement. Il est vrai qu'il en était toujours ainsi. Elle ne respirait à l'aise que dans sa boutique, au milieu des rayons où s'empilaient les pièces de calicot. Il y avait deux ou trois clientes, je ne sais plus. Sans prendre le temps de se débarrasser, elle passa derrière le comptoir.

— Qu'est-ce qu'il y a pour votre service, madame Germaine ?... Jérôme !... Monte près de ton père...

Dans la pièce, le grand lit d'acajou acheté à une vente avait remplacé mon lit-cage. Celui-ci était dressé dans la chambre de mes parents, entre les deux fenêtres. Quant à mon père, il avait sans doute fait chercher du verre par Urbain. A l'aide d'un petit instrument luisant, il le coupait afin de réencadrer le portrait de tante Valérie.

— Ta mère a trouvé ce qu'elle voulait ?

— Elle m'a acheté un costume chasseur et des souliers...

Il n'y avait pas de rideau à la fenêtre en demi-lune. Je regardai dehors et vis, de l'autre côté de la rue, Albert qui mangeait une tartine de confitures, le bas d'une jupe noire, des pantoufles de feutre noir qui appartenaient à sa grand-mère.

— Passe-moi le clou qui est sur la table...

Puis, tout en clouant :

— Qu'est-ce qu'ils crient dans la rue ?

— Ferrer a été fusillé...

— Tant mieux !

Je ne savais pas pourquoi mon père disait « tant mieux ». Il pensait déjà à autre chose.

— Si ta tante te demande depuis quand ce portrait est au mur, dis-lui que tu l'as toujours vu... Compris ?... *C'est très important... Tu comprendras plus tard...*

J'ignore à quel moment ma mère a trouvé le temps de se déshabiller, et quand mademoiselle Pholien est partie. Deux ou trois fois, les marchands de journaux sont passés sur la place en poussant leurs cris.

Puis une cliente a annoncé à ma mère :

— Il vient d'y avoir une bagarre au café Costard... Ils en ont emmené un au violon... Il saignait du nez...

Le soir, je me suis endormi, mais d'un sommeil irrégulier et, chaque fois que je reprenais conscience, j'entendais mon père et ma mère qui chuchotaient dans leur lit. Je n'étais pas encore habitué au rayon du bec de gaz de la cour des Métiers qui passait juste au-dessus de mon lit. Il pleuvait toujours.

Le matin, ma mère m'a éveillé en disant :

— Dépêche-toi de t'habiller. Ta tante va arriver... Surtout, sois très gentil avec elle...

Mon père était déjà parti, avec la voiture, les deux chevaux et le vieil Urbain. Chez nous, il pouvait arriver n'importe quoi, on restait, comme le répétait ma mère, esclave du commerce. Il fallait que la voiture d'André Lecoeur, *maison de confiance,* soit à toutes les foires. Il fallait aussi, à huit heures, que ma mère retire les volets du magasin.

Elle frappa contre le mur.

— Vous pouvez venir, mademoiselle Pholien?

Mes parents se servaient d'un savon rose qui sentait très fort, mais je n'avais droit, moi, qu'à du savon à la glycérine, meilleur pour la peau.

— Il faudra que tu l'embrasses... Tu lui dira : bonjour, tante...

Ma mère était en corset, en cache-corset, avec des pantalons bouffants sur lesquels elle passait un jupon. Il pleuvait toujours noir et, à huit heures du matin, la lumière était la même qu'à trois heures de l'après-midi, comme si la nuit allait déjà venir.

C'était jour de petit marché. Deux fois par semaine seulement se tenait devant et autour de chez nous le grand marché qui envahissait plusieurs rues. Les jours de petit marché, il n'y avait que quelques étals, surtout du beurre, des œufs, des légumes, du poisson qui venait de Port-en-Bessin ou de Trouville.

Ce qui me faisait jalouser Albert, c'est que, lui,

de par la situation de sa maison et de sa fenêtre en demi-lune, il pouvait assister chaque matin à l'arrivée du train vicinal. Moi pas.

Le vicinal, en effet, avait son terminus exactement derrière les bâtiments du marché couvert, si bien que, de mon observatoire, j'entendais les bruits, le halètement de la machine, les sifflements de la vapeur, et que je ne voyais que la fumée du dessus des ardoises du marché.

— Tu es prêt, Jérôme ?

— Je n'ai pas de cravate...

— Je t'en ferai une en passant par le magasin...

Elle m'en fit une, en effet, tout en parlant à mademoiselle Pholien. Elle me coupa un bout de ruban bleu ciel large à peine de deux doigts et m'en fit un nœud informe dont la vue me donna envie de pleurer.

— Viens vite... Surtout, sois aimable avec ta tante...

Sur la place, on lisait les journaux, à l'abri des parapluies ou des tentes des étalages. *Le Petit Normand* venait d'arriver. « Exécution de Ferrer »... « Les Anarchistes traqués »...

Tout cela semblait impressionner ma mère. Elle marchait vite, comme pour se faufiler à travers d'invisibles dangers. L'odeur des fromages, puis des poissons... Nous coupions au court par le marché couvert... Nous suivions l'allée de la boucherie...

— Alors, madame Lecœur, un beau petit gigot...

Elle répondait d'un sourire pâle pour s'excuser ; elle craignait toujours de vexer ou de peiner les gens.

— Merci... Pas aujourd'hui...

Je ne savais pas qu'avant mon réveil elle avait déjà acheté un poulet en l'honneur de tante Valérie.

— Reste ici, Jérôme... Je vais voir si le vicinal...

J'étais debout près des urinoirs. En face, des gens discutaient en cassant la croûte dans un petit café qui ne travaillait que le matin avec les gens du marché.

Ma mère ouvrit son parapluie, s'aventura dans la rue, revint, me recommanda encore :

— Surtout, ne parle jamais de ce que nous avons pu dire d'elle... Tu ne peux pas comprendre...

On n'entendit de très loin le sifflet du train, car le vent venait de ce côté. Puis on vit la machine trapue, puis les trois voitures qui prenaient le virage l'une après l'autre, les toits mouillés, les

vitres embuées à l'intérieur, couvertes de gouttelettes à l'extérieur.

Des gens qui descendaient, des cages à poules,
des canards, des fromages encore, des hommes en
blouse d'un bleu noir et en sabots, des vieilles en
châle de tricot...

— ... Reste bien là...

Ma mère courait le long du train. Je la voyais
aider à descendre une femme énorme, plus volumineuse à elle seule que ma mère et mon père
réunis, avec une face large et grasse, des mentons
mous et, au-dessus des lèvres, de sombres moustaches.

Elle n'essayait pas de sourire. Elle devait pro-
tester contre quelque chose. Elle appelait le
contrôleur qui s'affairait.

— Viens ici, Jérôme...

J'étais méfiant. Je m'avançai lentement.

— Embrasse ta tante... Tiens-lui le parapluie
pendant que je m'occupe de ses bagages...

Tante Valérie grognait :

— C'est ça, le petit bonhomme ?...

— Bonjour, tante...

— Bonjour, neveu...

Elle m'avait embrassé par principe et j'avais été
écœuré par une odeur que je ne connaissais pas

encore et que je suppose être l'odeur de certaines vieilles gens.

— Eh bien! c'est gai, ici... Henriette!... N'oublie pas le petit sac qui...

Elle soufflait en parlant. Elle soufflait en marchant. Elle épiait gens et choses de son œil à la fois méfiant et dégoûté.

— Je me demande ce que fait ta mère...

Ce qu'elle faisait? Réunir les menus bagages de tante Valérie et s'efforcer de les prendre tous à deux mains, car elle n'avait après tout que deux mains.

— Passons par ici, tante..., proposa gentiment ma mère qui, avec ses paquets, tenait plus de place à elle seule que trois personnes.

— Ah! non... J'ai horreur de l'odeur des halles...

Il fallut faire le tour, sous la pluie. Je levai les yeux et aperçus Albert assis sur une petite chaise à sa fenêtre. Il me regardait aussi. Je fus honteux de ma tante Valérie.

On entra chez nous.

— Tu as une vendeuse, maintenant?

Et c'était déjà comme une accusation.

— Non, tante. C'est mademoiselle Pholien qui veut bien, de temps en temps...

On passa dans la seconde pièce. Ma tante

s'écroula dans le fauteuil d'osier réservé à mon père et qui gémit.

— Quel voyage ! Mon Dieu, quel voyage... Ton mari n'est pas ici ?...

— Vous savez ce que c'est le commerce, tante... C'est la foire à Lisieux et...

— Ça va !... Ça va !... Dis donc, petit... Délace mes bottines... Tu trouveras des pantoufles dans le sac brun... Mais fais attention... Il contient aussi une bouteille...

Je regardai ma mère. Ma mère baissa les paupières par deux fois et je jurerais qu'elle était un peu pâle, avec des cernes roses aux pommettes.

Alors je m'agenouillai devant tante Valérie et je tirai sur les lacets gluants de boue.

II

— Je vous assure, tante, que vous serez mieux
là-haut ! Sans compter que vous aurez le petit pour
vous distraire...

Est-ce qu'elle aurait osé me regarder, ma mère,
au moment où elle me vendait de la sorte ? Il y
avait déjà trois jours que tante Valérie pesait de
tout son poids sur la vie de la maison. Plusieurs
fois, la nuit, j'ai entendu mon père souffler à
l'oreille de ma mère :

— Ce vieux phoque ne restera donc pas tranquille ?

Car ma tante, dans son lit, se tournait soudain,
d'une seule masse ; on aurait dit qu'elle se soule-
vait et se laissait retomber de l'autre côté, après
quoi elle en avait pour de longues minutes à
souffler et parfois à gémir.

Et si je disais, moi, que cette monstrueuse
femme de soixante-quatorze ans le faisait exprès,

que ne pouvant dormir elle s'ennuyait toute seule dans son lit, dans l'obscurité, et qu'alors, exaspérée de nous sentir tous les trois enfoncés dans la tiédeur du sommeil, derrière une cloison mince, elle réunissait tout son courage pour se soulever et se laisser retomber?

— Mon Dieu, Jérôme! soupirait ma mère. Tu penses toujours du mal des gens...

Mais elle-même ne se débarrassait-elle pas de tante Valérie en me l'envoyant là-haut? J'entends bien ce qu'elle répondrait:

« C'était à cause du commerce... »

Et à cause de cette antique maison incommode, bien entendu! La cuisine était trop petite. Quand il y avait du feu, même en plein hiver, la chaleur montait, montait, et la moindre soupe qui cuisait faisait ruisseler les murs de buée. Alors, force était de laisser la porte du magasin ouverte. Quand, les premiers jours, tante Valérie se tenait dans le fauteuil d'osier de mon père, on entendait soudain l'osier craquer; c'était ma tante qui se levait avec peine, toujours au moment où il y avait le plus de monde dans le magasin; toute sa masse se mettait en branle en émettant des soupirs et elle venait, comme une tour, se planter près d'un des comptoirs, si bien que ma mère ne savait plus que dire.

— On vous montera votre fauteuil, tante Valérie...

Car ce n'était pas ma tante à moi, mais la tante de mon père.

— Vous verrez que, près du tuyau de poêle, il fait très chaud...

C'était ma place qu'on prenait ! Cela ne suffisait pas ! La tante n'y était pas d'une heure qu'elle s'engageait en ahanant dans l'escalier en colimaçon et déclarait à ma mère :

— Si tu crois que je vais geler toute la journée contre un tuyau de poêle...

Le soir, mon père avait couru la ville. Il en était revenu avec un ustensile que je ne connaissais pas encore et qui devait faire ma joie. Je crois savoir maintenant que cela s'appelle une table chauffante. C'est, en somme, une énorme lampe à pétrole surmontée d'un caisson de tôle qui conserve la chaleur. Autour de cette lampe, il y avait un mica rouge à travers lequel on voyait trembloter la flamme et qui lançait de chauds reflets sur le plancher.

Le fauteuil d'osier, qu'on avait redescendu, fut à nouveau monté. Et, assis par terre, à peu près à ma place favorite, j'eus toujours à moins d'un mètre de moi les jupes noires et les pantoufles de tante Valérie.

La pluie continuait et chaque matin, en m'éveillant, mon premier souci était de m'assurer qu'elle tombait toujours. Juste en dessous de ma fenêtre en demi-cercle, une bande de zinc large d'environ trente centimètres courait le long de la façade, afin de protéger le vélum rayé de rouge qu'on baissait en été. Les gouttes d'eau, sur ce zinc, jouaient un jeu endiablé, jamais le même. En s'écrasant, elles formaient un dessin compliqué, vivant, un peu comme une carte de géographie en mouvement. J'espérais toujours voir ce que ce dessin deviendrait s'il avait la possibilité d'aller jusqu'au bout de sa vie. On aurait dit qu'il l'espérait aussi, car il se mouvait très rapidement, mais, son évolution à peine commencée, une autre goutte arrivait, un autre dessin brouillait, anéantissait le premier.

— Ton fils? Je crois qu'il est un peu niais!

Est-ce que ma mère oserait prétendre que tante Valérie n'a pas dit ça, un jour que j'étais au cabinet, dans le couloir qui mène à la cour des Métiers, et que, selon mon habitude, j'avais laissé la porte ouverte? Et ma mère n'a-t-elle pas répondu :

— Il est de constitution délicate…

Niera-t-elle aussi avoir un soir soufflé à mon père :

— C'est terrible ! Depuis que ta tante est ici, on n'ose plus aller au petit endroit, tellement il y sent mauvais...

Je sais pourquoi j'insiste. J'ai raison sur toute la ligne mais, sous prétexte que j'avais sept ans à l'époque, on prétendra que je me suis fait des idées ou que je me suis exagéré les réalités.

Or, j'ai une preuve que c'était moi qui sentais vrai et ma mère qui sentait faux. Qui pouvait connaître le marché mieux que moi, alors que pendant des heures, chaque matin, j'étais à ma fenêtre à contempler, non seulement les gouttes d'eau mouvantes sur le zinc, mais encore les moindres allées et venues ?

Il y avait un personnage que tout le monde connaissait, Baptiste, car c'était lui qui, avec son carnet à souches, venait faire payer aux marchandes la taxe municipale. Il portait d'ailleurs une tunique et un képi rappelant ceux des agents de police. L'été, il adoptait un pantalon de toile brune, si large et si mou qu'on aurait dit les pattes arrière d'un éléphant.

Baptiste était épais, sanguin, avec toujours un sourire humide aux lèvres. Je le voyais aller d'une marchande à l'autre et je devinais qu'il débitait de grosses plaisanteries.

Juste en face de ma fenêtre, la femme qui tenait

39

un banc de fromages et qui était toujours en tablier blanc était une grasse commère fraîche comme du lait, aux bras rebondis, à fossettes, d'un joli rose.

Baptiste la gardait pour la fin. Déjà avant d'arriver à elle il lui lançait des regards et je me sentais gêné. Enfin, quand il était tout près, son rire devenait de moins en moins naturel et il trouvait sans cesse le moyen de lui toucher les épaules, ou de la saisir par le coude. Il s'éternisait. Elle riait en cherchant de la monnaie dans la poche pendue sous son tablier.

Et quand Baptiste s'éloignait enfin, plus rouge que jamais, il avait toujours une main enfoncée dans la poche de son pantalon.

Eh bien ! je savais que c'était sale. Je ne donnais pas un sens précis à ce mot sale, c'est entendu. N'empêche que dix ans plus tard j'ai compris d'un seul coup, et j'ai retrouvé mes anciennes impressions quand on a mis Baptiste en prison. Il s'était livré à des attentats à la pudeur sur une gamine de douze ans, la fille d'une femme de ménage avec qui il vivait en concubinage.

— C'est un malade..., a dû soupirer ma mère en hochant la tête.

Malade ou pas, c'est moi qui, à sept ans, ai pressenti la vérité.

Tout comme, dès le troisième jour de son arrivée chez nous, je sentis la haine de tante Valérie. Je pourrais presque préciser de quelle sorte de haine il s'agissait.

Je la revois assise dans son fauteuil d'osier, ou plutôt dans le fauteuil d'osier de mon pauvre père qui, désormais, était forcé de s'en passer. Elle ne faisait rien de toute la journée.

— Vous ne voulez pas tricoter, tante Valérie ?

— Merci bien, ma fille ! Je n'ai jamais tricoté de ma vie et ce n'est pas à mon âge que je commencerai...

— Qu'est-ce que vous voulez faire ? Désirez-vous que Jérôme aille vous chercher un livre au salon de lecture ?

Elle hochait la tête. Non ! Elle ne voulait rien faire ! Elle restait là, affaissée sur elle-même, de l'eau dans les yeux où nageaient les pastilles venimeuses des prunelles.

Elle ne regardait pas dehors. Elle ne s'intéressait pas au mouvement du marché. Ce qu'elle regardait, c'était moi. Et elle m'en voulait d'être assis par terre au milieu de mes animaux et de mes petits meubles ; elle m'en voulait de rester de longues minutes à regarder naître et renaître un dessin sur une bande de zinc ; elle m'en voulait de...

Entre deux clientes, ma mère montait en courant, toujours fraîche, avec toujours des tabliers à petits carreaux qui lui mettaient comme des ailes aux épaules.

— Vous n'avez besoin de rien, tante Valérie ?... Le petit est sage ?...

C'est ce matin-là qu'il a été question de la grand-maman d'Albert. Je la voyais presque chaque jour, à la même heure, sortir par la porte qui flanquait la boutique du grainetier. J'avais souvent pensé que, pendant ce temps-là, Albert était tout seul et cela me troublait un peu, car mes parents ne m'auraient pour rien au monde laissé seul à la maison.

Madame Rambures, c'était son nom. Elle était grande, sèche, le teint d'un gris uni, les mains gantées du même gris. On la remarquait d'autant mieux qu'elle était la seule à faire son marché en grande toilette, avec un chapeau, une voilette mauve, un réticule à fermoir d'argent.

Ma tante, qui ne regardait rien, avait néanmoins repéré madame Rambures et je sentais, sans me l'expliquer, qu'il devait en être ainsi.

— Qui est-ce, cette personne qui fait tant de manières ?

Or, madame Rambures ne faisait pas de manières du tout. Elle était très digne, comme en demi-deuil. Certes, elle relevait méticuleusement sa robe pour passer dans les détritus de choux ou dans les flaques de boue et elle évitait de se frotter aux étalages. Elle évitait aussi de répondre aux commères qui l'interpellaient et elle faisait deux fois le tour du marché pour acheter fort peu de chose.

— C'est une malheureuse, soupira ma mère. Je vous raconterai un jour en détail... Son mari avait une très bonne situation... Il était, je crois, dans l'Intendance... Son fils est un vaurien... Il a...

Elle baissa la voix, comme si j'allais ne pas entendre :

— Il a été deux fois en prison... Elle a recueilli son petit-fils qui est tuberculeux... Ils vivent de presque rien, dans un logement de deux pièces...

Deux mots me frappèrent : prison et tuberculeux. Je cherchai Albert des yeux et je le vis assis sur sa petite chaise et feuilletant un livre d'images. Est-ce parce qu'il était tuberculeux qu'il avait cet air de fille ? Mais pourquoi lui laissait-on ses longs cheveux bouclés qui faisaient rire de lui dans la rue ? Pourquoi l'habillait-on si étrangement ? Ce jour-là, par exemple, il avait son costume en velours gros bleu, un costume marin comme j'en portais avant d'avoir mon costume chasseur. Mais, au lieu d'un col à rayures, il avait un large col de reps blanc orné de dentelles.

Tante Valérie l'examina et ne dit rien. Cela devait lui faire plaisir de savoir que celui-là, du moins, était malade. Puis la sonnette de la boutique tinta. Ma mère disparut dans la cage d'escalier. J'entendis la voix d'une marchande de poissons qui venait souvent et qui soupirait :

— Je me demande ce que nous allons devenir, avec toutes ces grèves...

Je questionnai ma tante.

— Qu'est-ce que c'est, une grève ?

— C'est quand les ouvriers ne veulent plus travailler.

— Qu'est-ce qu'ils font, alors ?

— Ils se battent contre les gendarmes et coupent les jarrets des chevaux à coups de rasoir...

Elle était féroce. Ses petits yeux noyés d'eau étaient fixés sur moi.

— Sûrement que si ça continue il y aura la révolution...

C'est alors que je sentis sa haine. Elle me détestait, non comme une grande personne peut détester quelqu'un, mais comme un camarade jaloux m'aurait détesté. Pourquoi donc continuai-je :

— Qui est-ce, Ferrer ?

— Un anarchiste...

— Et qu'est-ce que c'est, un anarchiste ?

— Quelqu'un qui veut faire la révolution et qui lance des bombes...

J'en avais pour des heures, peut-être pour des jours, à digérer tout cela et instantanément j'oubliai tante Valérie, je me replongeai dans la contemplation de la pluie, de la plaque de zinc et du marché, de l'horloge laiteuse comme un gros œil ; mais ce n'était plus que comme un filigrane à travers lequel je poursuivais des images plus ou moins nettes, Albert qui était tuberculeux et dont le père était allé en prison, les anarchistes, Ferrer, les ouvriers qui coupent les jarrets des chevaux...

Je pouvais avoir ainsi de longues absences et je me réveillais en sursaut. Cette fois, ce fut la voix de ma tante qui me tira de ma rêverie. Elle avait, comme la marchande de fromages, glissé sa main sous sa jupe et elle cherchait des petits sous.

— Tiens... Va me chercher le journal que les gens sont en train de lire...

Je regardai la place et vis, autour du kiosque, des gens qui se passaient des journaux illustrés. Je descendis en courant.

— Où vas-tu ? s'inquiéta ma mère.

— Chercher le journal pour tante Valérie...

C'était, je crois m'en souvenir, *Le Petit Journal*

Illustré. Sur la couverture en couleur, une tête d'homme avec les cheveux en brosse, des moustaches, des yeux sombres. « L'anarchiste Ferrer. »

Au dos du journal, une autre image en couleur, une sorte de cour, un mur, un homme debout, un bandeau sur les yeux, et des soldats qui épaulaient leur fusil. « L'exécution de Ferrer. »

J'étais violemment secoué. Je levai la tête ; Albert me regardait, le nez drôlement épaté contre la vitre. Je sentis qu'il m'enviait, peut-être d'être dans la rue, nu-tête sous la pluie, peut-être d'avoir un journal illustré ?

— Ça en fait toujours un de moins ! conclut un peu plus tard ma tante avec satisfaction. Va me chercher mes lunettes. Quand *Le Petit Parisien* arrivera, n'oublie pas de me l'acheter...

Comment s'y prenait ma mère, je n'en sais rien. Quand je descendais, à sept heures et demie du matin, la cuisine et le magasin étaient déjà lavés, le café chaud, la table dressée. Par quel miracle, sans jamais perdre son comptoir de vue, faisait-elle tout son marché ? Quand épluchait-elle ses légumes et mettait-elle sa soupe au feu ?

Pourtant, elle était toujours propre, tirée à quatre épingles, comme disait mon père. Et elle parvenait encore à repasser le linge de corps, à repriser mes bas et à coudre certains vêtements.

— Va demander à ta mère si on ne mange pas encore...

La masse de tante Valérie se mettait en branle et il lui fallait deux bonnes minutes pour traverser l'étroit boyau de l'escalier.

— Où est-il, ton mari, aujourd'hui ?

— A Port-en-Bessin... Il rentrera tard...

— En somme, tu ne le vois jamais...

— Seulement le soir... C'est le commerce qui veut ça...

C'est à cause du commerce encore que j'allais si rarement à l'école et que je me souviens à peine de m'être promené avec ma mère, car on ouvrait aussi le dimanche.

Il n'y eut rien de particulier dans le début de l'après-midi. Tante Valérie somnolait dans son fauteuil et la pénombre envahissait la pièce. Des hommes vêtus de cirés, comme des matelots, lavaient la place du marché à grande eau et, dès trois heures, passait l'allumeur de becs de gaz.

Je ne pouvais pas voir à l'intérieur du café Costard, à cause des vitres dépolies. Mais je distinguais des ombres qui se mouvaient, et ce jour-là il me sembla qu'il y avait plus de monde que de coutume. De temps en temps la porte s'ouvrait. Un ouvrier regardait dehors, comme s'il attendait quelque chose. Je compris quand arriva le crieur de journaux à qui l'homme en acheta toute une poignée et, un peu plus tard, je percevais le vacarme des discussions chez Costard.

— *Le Petit Parisien...*, me rappela ma tante qui semblait se réveiller en sursaut.

Je courus l'acheter. Elle m'ordonna :

— Allume...

— Mère ne veut pas...

Parce que, pour allumer le gaz, il fallait monter sur un escabeau.

— Dis-lui de venir allumer...

Il y avait du monde en bas. Ma mère vint pourtant, en pensant à autre chose. Elle ne nous regarda pas. Toujours le commerce ! Je regagnai ma fenêtre. Je vis un agent qui se promenait devant chez Costard.

— Tu sais lire, au moins ? questionna ma tante.

— Oui...

— Eh bien ! lis ça...

— *Les - grè-ves - du - Nord - prennent - un - ca-rac-tè-re...*

— Tu ne peux pas lire plus vite ?

— *...rac-tère-re - des - plus - a-lar-mants - Le - mi-nis-tre - de l'In-té - de - l'In-té...*

— Intérieur ! cria-t-elle avec impatience.

— *In-té-rieur - est - sur - les - lieux - la - gen-... la
- gen...*

Et ma tante moustachue me regardait comme
une grosse araignée doit regarder une mouche qui
s'est fait prendre dans sa toile.

— ...darmerie !

— *dar-me-rie - a - char-gé - les - ma-ni-fes-
tants...*

Je levai la tête.

— Qu'est-ce que ça veut dire ?

— Qu'elle a fait marcher les chevaux sur les
manifestants... Continue... Tu vas voir...

— *On - comp- compte - douze — morts - et...*

— Quarante blessés ! acheva-t-elle avec une
satisfaction diabolique.

J'étais toujours assis par terre, en tailleur,
parmi mes jouets, le journal sur mes genoux, la
fenêtre derrière moi, bleutée, piquetée de gouttes
d'eau qui étaient autant d'étoiles, et ma tante, dans
son fauteuil, était en proportion comme un monu-
ment.

— Qu'est-ce que je t'avais annoncé ? Si tu lisais
plus vite, tu saurais déjà qu'à Saint-Etienne ils ont
défilé pendant douze heures dans les rues...

Je me tournai vers la rue. J'imaginai des
ouvriers en casquette, en vêtements sombres,

passant sans arrêt sous nos fenêtres, et des gendarmes à cheval, des rasoirs...

— Il n'y a pas de grève ici, murmurai-je.

— Parce qu'il n'y a pas d'usine, à part la fromagerie... Mais si c'est la révolution, ils viendront aussi...

Je jure que je sentis le jeu, comme j'avais senti que Baptiste était un homme à faire des choses sales. Elle devait avoir plus peur que moi de la révolution, mais elle s'amusait à m'effrayer. Elle enrageait de ma quiétude, de mes longues rêveries, et elle venait de découvrir le moyen de me troubler.

— Ils tueront tout le monde?

— Tous ceux qu'ils pourront tuer...

— Mon père aussi?

— Avant les autres, parce que c'est un commerçant...

Alors, je voulus me venger.

— Et vous, tante, ils vous tueront?

J'entrais dans le jeu. Je devenais haineux, moi aussi. Et je ne sais comment je trouvai:

— Ils vous enfonceront une baïonnette dans le ventre!

L'idée d'une baïonnette s'enfonçant dans l'énorme ventre mou de tante Valérie et de tout ce qui en sortirait...

— Tu pourrais être respectueux ! gronda-t-elle
en m'arrachant le journal.

J'étais lancé. Tant pis pour elle !

— S'ils vous ouvrent le ventre, il coulera des
boyaux plein la pièce...

— Veux-tu te taire, impertinent ?

— On mettra du foin à la place et on recoudra
la peau...

Je riais aux larmes, d'énervement. Je hoquetais.
J'étais prêt à inventer n'importe quoi, à dire les
choses les plus folles. Et j'osais à peine regarder
dehors. Il me semblait voir les chevaux, surtout les
chevaux, avec les gendarmes casqués, les sabres
nus, et des hommes noirs courant, se faufilant, se
baissant, coupant les jarrets à coups de rasoir...

— Je me demande quelle éducation tes parents
t'ont donnée...

Puis elle se tut, mâchant sa colère, s'efforçant
de lire le journal avec ses yeux visqueux ; de mon
côté, ma fièvre retomba comme un lait dont la
crème a crevé. Quand je regardai dehors, l'agent
se haussait sur la pointe des pieds pour voir par-
dessus les vitres dépolies du café Costard. Par le
tuyau du poêle, la voix paisible de ma mère
m'arrivait, de ma mère qui disait à une cliente :

— On a toujours avantage à prendre la bonne

qualité... La façon ne coûte pas plus cher et on n'en voit pas la fin...

Elle devait mesurer, étendre les bras, mètre par mètre. Un mètre était gravé à même le comptoir. On déroulait les pièces. Puis la petite encoche qu'on faisait d'un coup sec des ciseaux et la toile qu'on déchirait dans un long crissement.

— C'est tout ce qu'il vous faudra ? Vous n'avez pas besoin de tabliers pour les enfants ? Je viens d'en recevoir de très avantageux et j'ai toutes les tailles...

Mais non ! La cliente n'avait sans doute pas d'argent à dépenser. Pour moi, les clientes resteront toujours des femmes en cheveux, le plus souvent vêtues de noir, un châle de laine sur les épaules, des enfants accrochés aux jupes, et chuchotant :

— Veux-tu te tenir tranquille ? Je le dirai à ton père...

... Un porte-monnaie à la main... Un regard grave.

— C'est combien ?

— Douze sous le mètre en quatre-vingts de large...

Les lèvres qui remuent tout le long d'un calcul mental.

— Vous n'avez rien de moins cher ?

J'en ai vu qui partaient en bafouillant :

— J'en parlerai à mon mari...

Pourquoi cela me fit-il penser à madame Rambures faisant son marché, si digne, si triste, sans
oser répondre aux appels des marchandes ? Elle
devait compter, elle aussi. Ma mère l'avait dit : ils
n'avaient presque pas d'argent. Ils étaient donc
pauvres. Alors, tout le temps qu'elle tournait
autour des étalages, elle devait calculer, chercher
ce qui coûtait le moins cher tout en donnant le
plus de forces à Albert.

— Tu dois prendre des forces ! répétait ma
mère quand je ne mangeais pas d'un plat. Sinon,
tu deviendras tuberculeux...

Alors, Albert qui l'était déjà ?...

Je la vis, madame Rambures. Elle était assise
pas loin de la fenêtre. Je ne l'apercevais que
jusqu'à la taille et elle avait *Le Petit Parisien* sur les
genoux. Albert, à côté d'elle, buvait quelque
chose qui fumait, sans doute du café au lait ou du
chocolat, et je voyais parfois ses lèvres remuer
quand il parlait.

Moi, je savais pourquoi je ne sortais pas le jeudi
comme les autres garçons.

— Quand on est dans le commerce...

D'autre part, ma mère ne voulait pas que j'aille
jouer dans la rue avec les petits voyous.

53

Est-ce que c'était parce qu'il était tuberculeux qu'Albert ne sortait pas ? Est-ce qu'il le savait ? Est-ce qu'il savait que son père avait été en prison ?

Tante Valérie poussa un soupir et descendit sans même m'accorder un regard. C'était son heure. Elle allait au petit endroit. Après, elle ne remonterait pas et ma mère la verrait soudain surgir dans le magasin, avec sa tête à faire fuir les clientes.

Avant, mes parents pouvaient se dire des choses à mon insu. Déjà, ils montaient après moi. Ensuite, une cloison nous séparait et, si je percevais un murmure, je ne pouvais pas comprendre.

Maintenant, c'était impossible. Après le souper, tante Valérie restait en bas jusqu'au dernier moment. Comme je dormais désormais dans la chambre de mes parents, j'entendais tout ce qu'ils chuchotaient.

— Elle est là, à côté du poêle, et elle ne penserait pas seulement à retirer la casserole ou à me prévenir quand ça brûle ! avait dit ma mère. Elle n'éplucherait pas une pomme de terre pour tout l'or du monde...

Ma mère aura beau dire, je suis sûr d'avoir entendu mon père soupirer :

— Elle a soixante-quatorze ans et du diabète...

Puis :

— Cela nous ferait quand même une maison à la campagne...

Ce que j'ai eu plus de peine à comprendre, c'est l'histoire des Bouin et de cette fameuse maison à Saint-Nicolas, parce que ma tante en parlait surtout le soir, dans la cuisine, quand j'étais couché.

Lorsque, il n'y a pas si longtemps, j'ai rappelé à ma mère ce que j'en avais entendu, elle a protesté :

— Tu exagères, Jérôme !... Comme c'est drôle que tu voies le mal partout...

N'empêche qu'elle n'a pas eu la maison et que c'était moi qui avais raison, comme pour Baptiste et comme pour la chose tellement plus grave qui s'est produite ensuite.

Cette chose-là — je ne trouve pas d'autre mot — a justement commencé le soir des journaux, le soir du ventre ouvert à coups de baïonnette, le soir enfin du jour où, avec tante Valérie, nous nous étions chamaillés comme deux sales gamins des rues au point que, si ma tante l'avait pu, elle aurait roulé par terre avec moi et que nous nous serions mordus et griffés.

Elle me haïssait. Je la détestais. J'y pensais encore qu'elle était en bas et, tout en regardant dehors, je me complaisais à imaginer sa grosse masse coincée dans notre petit endroit qui était vraiment étroit.

Est-ce qu'elle se lavait ? Dans un coin de la pièce, on lui avait installé, derrière un rideau de cretonne, une petite table avec un broc et une cuvette, et un seau à couvercle en dessous pour les eaux sales. Mais ce qui était curieux, c'est que quand ma mère traversait la pièce, à six heures du matin, pour aller allumer les feux, ma tante était déjà tout habillée et qu'il y avait à peine un fond d'eau savonneuse dans la cuvette. C'était ma mère qui devait venir la vider. Tante Valérie ne faisait rien. Elle n'avait jamais de sa vie plongé les mains dans les eaux grasses.

Elle était demoiselle des P.T.T. quand elle avait épousé Bouin qui, lui, était dans l'enregistrement. Bouin était originaire de Saint-Nicolas, d'une famille de fermiers. Ils avaient été nommés à Caen tous les deux et, pendant trente ans, ils avaient travaillé, chacun de son côté. J'ai su plus tard qu'ils avaient eu un enfant mort-né, et c'est bien de ma tante !

— C'est ce qui a aigri cette pauvre tante... a eu le toupet de me dire un jour ma mère. Sans compter que, pour une femme, travailler toute sa vie dans un bureau...

56

Et ma mère donc, avec son commerce ?

J'imagine les Bouin prenant leur retraite ensemble, allant habiter la maison achetée avec leurs économies, à Saint-Nicolas, et y vivant de leurs pensions réunies.

Les autres Bouin, ceux qui étaient restés au pays, ne pouvaient pas les sentir. Le couple ne fréquentait personne. Je les vois, dans leur verger, et l'hiver, dans les pièces basses, à regarder tomber la pluie sur le jardin dénudé...

Puis Bouin est mort...

Et c'est alors que tante Valérie a commencé sa vraie vie, avec visite au cimetière chaque dimanche, avant d'échouer chez nous.

— Elle est plus à plaindre qu'à blâmer...

Encore un mot de ma mère ! Drôle de femme, vraiment, avec son teint rose, sa grosse tête, son rouleau de cheveux couleur de chanvre et son chignon, son corps potelé coupé en deux, comme un diabolo, par la large ceinture de cuir verni !

— Jérôme !... Jérôme !... Va donner un coup de main à ton père...

Je n'avais pas entendu la trompette. C'était tout un travail, le soir, de rentrer les marchandises, de les trier, de mettre de côté les pièces mouillées et chiffonnées que ma mère, après souper, repassait pour le lendemain. La cour des Métiers n'était pas

57

éclairée. Urbain était toujours ivre, mais on ne s'en apercevait plus. Chez nous, il faisait plutôt partie de l'écurie, où il couchait, que de la maison, et l'idée qu'il pourrait manger à table comme un humain ne venait à personne.

Un peu avant l'heure du souper, il entrait dans la cuisine — en laissant ses sabots dehors — et il tendait une sorte de gamelle dans laquelle on mélangeait tout, la soupe, la viande, les légumes. C'était lui qui le voulait ainsi. Même le poisson ! Après quoi, il disparaissait dans son antre :

— Ta tante va bien ? me demanda mon père en me passant des pièces de calicot à petites fleurs.

— Elle dit que c'est la révolution...

— Comment le sait-elle ?

— C'est dans le journal...

Une lanterne d'écurie éclairait seule mon père. Je vis ses sourcils se froncer.

— C'est déjà dans le journal ?

Puis, fourrageant dans sa voiture :

— Ce n'est pas possible...

J'apportais les marchandises dans la cuisine. On ferait le tri tout à l'heure. Mon père accrochait son ciré au portemanteau qui était dans le corridor et reniflait, flairant peut-être l'odeur de ma tante.

Ma mère était encore dans le magasin. Elle roulait toutes les pièces déployées dans l'après-midi, mais elle vint au-devant de mon père dans la cuisine.

— Qu'est-ce que tu as, André ?

Tante Valérie attendait férocement qu'on se mît à table, car nos heures de repas ne coïncidaient pas, paraît-il, avec ses habitudes.

Mon père baissa la voix.

— On a jeté une bombe, à Paris, au passage du président de la République et du roi de Roumanie... Ils n'ont rien eu... Mais un garde national a été tué... Son cheval a littéralement sauté en l'air... Je le sais parce que j'ai été arrêté sur la route... Toutes les gendarmeries sont alertées par téléphone...

J'étais déjà assis à ma place, devant la toile cirée qui nous servait de nappe — pour faire moins de linge à cause du commerce !

Lentement, les yeux glauques de ma tante se tournèrent vers moi, brillant d'une joie mauvaise, avec l'air de me dire :

« Ah ! ah ! Qu'est-ce que j'avais prédit ?... »

Cependant que ma mère, me désignant d'un mouvement du menton, prononçait très vite à l'adresse de mon père :

— Tu parleras de ça tout à l'heure !

Mais il était trop tard.

III

On était vendredi, puisque c'était le jour de mademoiselle Pholien. Elle était arrivée à huit heures moins cinq, comme d'habitude, en revenant de la messe. J'étais occupé à manger des œufs à la coque, une serviette nouée autour du cou. Tante Valérie, qui avait fini de déjeuner, gravissait lourdement l'escalier, marche par marche, accompagnée du glissement feutré de ses pantoufles. Quant à ma mère, elle devait déjà être à ranger. Je suis sûr qu'elle m'a lancé un regard de prière, comme chaque vendredi. Et, comme chaque vendredi aussi, mon front est devenu dur.

— Bonjour, madame Lecœur... Bonjour, mon petit Jérôme...

Des gouttes de pluie donnaient à ses vêtements une odeur de suint. Elle était tout en noir, y compris les mitaines. Elle se penchait. Elle me mettait dans les mains un gros sac de bonbons et le papier, lui aussi, était humide. Le gaz était allumé, car le sac faisait une ombre sur la table.

— Qu'est-ce qu'on dit? prononçait ma mère que cette scène hebdomadaire rendait honteuse.

— Merci.

— Merci qui?

Alors, pendant que la vieille fille m'embrassait, je murmurais, si bas que je pouvais m'affirmer à moi-même que je n'avais rien dit :

— Tante...

Mademoiselle Pholien n'était pas ma tante. Comme elle venait souvent à la maison pour garder le magasin, et une fois par semaine pour faire une journée de couture, ma mère m'avait demandé de l'appeler ainsi.

— Pourquoi, puisque ce n'est pas ma tante?

Et ma mère, gravement :

— C'est la première personne à t'avoir tenu dans ses bras lorsque tu es né... Si tu savais tout ce qu'elle a fait pour moi!...

Toute mon enfance, je me suis obstiné.

— Embrasse tante Pholien...

Jamais je n'ai frôlé sa pauvre figure de mes lèvres. Je levais la tête vers elle. Je la touchais plus ou moins, le moins possible, de ma joue, et elle faisait semblant de ne pas s'apercevoir de ma répulsion.

Elle n'était même pas laide. Elle me paraissait vieille, mais elle ne devait pas avoir plus de quarante ans et elle vit encore, sans doute dans la même chambre qu'elle a occupée toute sa vie. Quand le malheur est arrivé, c'est elle qui a enseveli mon père, et plus tard, quand j'ai été jeune homme, elle m'a prêté toutes ses économies dans des circonstances dont j'aime mieux ne pas me souvenir.

Je ne voulais pas l'appeler tante. Elle arrivait à huit heures moins cinq par crainte de nous faire tort d'une seule minute. Pourtant, elle n'acceptait rien pour les heures qu'elle passait chez nous, le reste de la semaine, à remplacer ma mère au magasin.

Elle avait un grand front, des yeux de Chinoise ou de poupée, un large camée fixé à son corsage de soie noire sous lequel on ne sentait rien de féminin. Maintenant encore, l'idée que mademoiselle Pholien pouvait avoir des seins...

Et je ne mangeais même pas les bonbons qu'elle se croyait obligée d'apporter le vendredi, car c'étaient des bonbons couverts de sucre de couleur.

— Il ne faut jamais le lui dire... Je t'en achèterai d'autres..., avait décidé ma mère.

De sorte que le lendemain c'étaient les chevaux, Café et Calvados, qui mangeaient les bonbons !

Mademoiselle Pholien avait la manie d'arriver les mains pleines. Elle avait toujours peur d'en faire trop peu, d'être en reste, et pourtant je jurerais que pour son travail de toute la journée nous lui donnions deux francs, plus le dîner de midi et le quatre heures !

Si elle avait des culottes à me tailler dans de vieux pantalons de mon père, elle apportait de chez elle un morceau de satin ou de taffetas pour la doublure.

— Ce n'est pas la peine de prendre de la bonne marchandise au magasin..., disait-elle. Ce sont des restes du manteau que j'ai fait la semaine dernière pour madame Donval...

Quand nous sommes montés dans la pièce, ce matin-là, nous avons trouvé tante Valérie en robe de soie, comme si elle allait sortir.

— Tu veux me donner un coup de main, Jérôme ? demanda mademoiselle Pholien.

Pour approcher de la lumière la machine à coudre qu'on rangeait dans un coin et qui n'avait jamais eu de couvercle. Mon père avait dû l'acheter dans une vente de campagne, comme presque tout ce que nous avions dans la maison.

Mademoiselle Pholien a regardé avec satisfaction la table chauffante, et sa grosse flamme rouge, car elle était frileuse et le matin, pendant longtemps, elle restait pâle comme au saut du lit.

— Elle n'a pas de sang, soupirait ma mère.

Puis je me souviens de ma tante dans son fauteuil, avec sa bonne robe et une chaîne en or en sautoir, du ronron de la machine, des bouts de tissu par terre, de l'horloge qui marquait neuf heures, sur la place, derrière un rideau de pluie plus allongée et comme plus fluide que les jours précédents.

Le train vicinal a sifflé. De la vapeur blanche, au-delà du marché couvert, a envahi le gris de l'air.

Un vide. J'ai dû jouer avec mes éternels animaux. La sonnette, en bas, a tinté plusieurs fois. Ce qui m'a fait tressaillir, c'est une voix d'homme dans le magasin, ensuite ma mère qui jaillissait, essoufflée, du trou dans le plancher.

— Il y a un monsieur qui vous demande, tante Valérie... Et ma cuisine qui n'est pas en ordre !...

— Fais-le monter...

Ma mère jeta un coup d'œil autour d'elle pour s'assurer que rien ne traînait.

— Vous croyez qu'on peut le recevoir ici ?

— Puisque je te le dis !

Mademoiselle Pholien voulut se lever, ramasser ses bouts de tissu, mais ma tante la retint.

— Restez ! Il n'y a rien de secret...

Des pas dans l'escalier. Ma tante, toujours immobile, face à la fenêtre, articulant comme au théâtre :

— Entrez donc, monsieur Livet...

Un grand et fort homme, à la barbe brune et au pardessus garni de fourrure. Il paraissait trop grand pour la faible hauteur de plafond.

— Donne une chaise, Jérôme...

— Jérôme !... appela ma mère, d'en bas.

— Il peut rester ! lui cria tante Valérie... Asseyez-vous, monsieur Livet...

Pour la première fois, j'ai senti que ma tante était une puissance. L'arrivée chez nous d'un homme comme M. Livet, avec un manteau à col de loutre et une serviette en cuir sous le bras, suffisait à bouleverser ma mère. Ma tante ne bougeait même pas. Elle remplissait tout son fauteuil. Elle en débordait. Et elle prononçait d'une voix qui m'apparut comme la plus terrible des menaces :

— Alors, vous avez trouvé le moyen d'avoir ces canailles ?

— C'est-à-dire...

M. Livet ouvrit sa serviette et en sortit des

papiers. Mademoiselle Pholien se leva, se précipita :

— Je vais débarrasser la table...

— Ce n'est pas la peine... Je vous disais, madame Bouin, que le cas est très épineux et que...

— Comment, épineux ? Vous n'allez pas prétendre que des fripouilles pareilles...

— Ce n'est pas d'eux que je parle, mais de la loi...

Il était embarrassé. Il toussait. J'aurais juré que ce colosse avait peur de ma tante.

— D'abord, si la loi était juste, il y a longtemps que ces individus seraient en prison... On en a enfermé pour moins que ça... Quand je pense que j'ai pris cette fille dans la rue !... Que dis-je ? Si je l'avais ramassée dans le ruisseau, elle aurait été plus propre... Elle vivait avec dix frères et sœurs dans une maison où les porcs ne seraient pas restés et son père était saoul tous les soirs... Je l'ai logée chez moi et à quatorze ans elle ne savait même pas lire... Je l'ai envoyée à l'école chez les bonnes sœurs... Je les retiens, celles-là !... On ne m'ôtera pas de l'idée que ce sont elles qui lui ont appris toutes ces simagrées...

M. Livet, qui attendait l'occasion de placer un mot, hochait la tête, car il valait mieux avoir l'air d'approuver. Mademoiselle Pholien n'osait pas coudre à la machine et en profitait pour faufiler une emmanchure, des épingles entre les lèvres, non sans jeter des regards effarés à ma tante.

— Elise Triquet..., commença M. Livet.

J'avais entendu prononcer ce nom-là à table, mais je n'y avais pas pris garde. Jamais non plus je n'étais allé à Saint-Nicolas et je ne sais pas comment j'imaginais ce village. Maintenant, je le connais. C'est un assez gros bourg, mais les fermes sont éloignées les unes des autres et seules quelques maisons sont groupées autour d'une église au clocher trapu.

— D'abord, j'aimerais autant que vous ne prononciez pas ce nom de Triquet. . Elise n'aurait jamais dû s'appeler ainsi... Je n'aurais pas dû donner mon consentement... Je crois que je n'aurais pas fait pour mon propre enfant ce que j'ai fait pour elle...

— Vous avez déshérité vos neveux..., essaya de placer M. Livet qui avait toujours sa serviette sur les genoux.

— Des voyous, oui ! Tous les Bouin sont des voyous. Mon pauvre défunt n'était pas encore en terre qu'ils étaient tous à la maison comme chez eux et, si je les avais laissés faire, ils auraient emporté les meubles... Pas un, au cimetière, qui

soit venu me présenter ses condoléances... Des
paniers percés par-dessus le marché... Ah! si
j'avais su... J'avais un autre moyen de ne rien leur
laisser après moi... C'était de mettre mon bien en
viager...

Longtemps, je dois le dire, ce mot est resté pour
moi un mystère.

— J'ai voulu les faire enrager... J'ai recueilli
Elise... J'aurais recueilli le premier morveux venu
dans la rue. Et si elle n'avait pas eu ses parents, je
l'aurais adoptée...

Elle regarda mademoiselle Pholien comme pour
quêter son approbation.

— Vous ne pouvez pas savoir tout ce que ces
gens-là m'ont fait, poursuivait-elle. Je parle des
Bouin, les neveux de mon mari, qui n'ont jamais
voulu me considérer comme de la famille... Si je
vous disais que leurs gamins venaient accrocher
des chats crevés à ma sonnette... Et encore! Ils
avaient soin d'enduire les pauvres bêtes de ce que
vous devinez, de sorte que... J'espérais qu'avec
Elise je ne serais plus seule dans cette grande
maison... Pendant des années, elle a été tout
miel... Pas une comme elle pour revenir les mains
jointes et les yeux baissés du banc de commu-
nion... Une garce, pourtant!... Car on ne me fera
pas croire que ça lui est venu d'un seul coup... Elle

avait le vice dans le sang et, quand elle a connu ce Triquet, elle s'est mise à courir la nuit comme une chatte en folie...

« Il n'y avait que moi, pauvre bête, à ne pas m'en douter... Je prenais ses simagrées pour argent comptant... " Petite marraine ", qu'elle m'appelait... »

Je faillis éclater de rire à l'idée que quelqu'un avait pu appeler tante Valérie « petite marraine ».

— « Petite marraine » par-ci... « Petite marraine » par-là... « Il faudra que je vous présente un jeune homme qui... un jeune homme si convenable, si sérieux... Et que je mourrais si vous ne me donniez pas votre consentement... » Voilà, monsieur Livet, ce que je n'ai pas voulu vous raconter dans ma lettre...

C'était donc ça, ce papier bordé de noir, couvert d'une petite écriture, que M. Livet avait sur les genoux, annoté à l'encre rouge comme un devoir d'élève ?

— Juridiquement..., commença-t-il.

Ma tante n'avait pas fini.

— Marchand de volailles, qu'il était de son métier... Je me suis dit qu'il pourrait vivre à la maison et qu'ainsi il y aurait un homme... Ce n'est pas que j'aie peur... Celui qui me fera peur n'est pas encore né... Mais, à la campagne, on a toujours besoin d'un homme, surtout avec ces Bouin qui ne cessaient de me faire des niches... Ils se sont mariés... J'ai tout payé... C'est après la cérémonie qu'ils m'ont déclaré qu'ils vivraient dans une petite maison qu'ils avaient louée, près de l'église, derrière mon dos...

La pauvre mademoiselle Pholien roulait des yeux effarés et je parierais qu'elle a dû démonter ensuite son emmanchure.

— Vous avez donné votre maison en dot à votre filleule ?...

— Je l'ai donnée sans la donner... Pour qu'elle ne revienne pas un jour à ces crapules de Bouin...

— Vous avez passé un acte devant notaire. J'en ai ici la copie...

— N'empêche qu'elle n'avait pas un sou, qu'il était entendu que le ménage vivrait avec moi et m'entretiendrait jusqu'à ma mort... Ah! bien, oui... C'est encore moi qui aurais dû leur donner de l'argent... Ce fainéant de Triquet s'est mis à déblatérer partout contre moi, que j'étais une vieille ceci et une vieille ça, que je ne tarderais pas à crever et qu'alors il pourrait vendre la maison — il disait la bicoque — et payer les dettes qu'il avait de tous côtés... Quant à elle, la garce, elle ne me saluait même plus à la sortie de la messe... Il faut dire que, du jour au lendemain, elle a cessé d'y aller...

— La maison n'en est pas moins leur propriété et, d'après les actes, vous n'en avez que l'usufruit...

— Vous croyez que ça se passera comme ça ?... Non, monsieur Livet... Si vous n'êtes pas capable d'arranger les choses, je prendrai un autre homme d'affaires... Je ferai dix procès s'il le faut... J'y laisserai ma chemise, mais ces voyous n'auront pas un sou... Vous m'entendez ?... Si je vous disais qu'ils ont déjà hypothéqué la maison et que des gens sont venus la visiter en profitant de ce que j'étais aux vêpres ?... Car ils ont gardé une clef... Ils ont fouillé dans mes affaires...

« Je ne leur parle plus, mais ils m'écrivent. Ils prétendent que, puisqu'ils s'étaient réservé la jouissance d'une partie des locaux, rien ne les empêche de louer cette partie et que deux pièces sont bien suffisantes pour une vieille femme comme moi...

« Pour me faire enrager, ils inventent des réparations... Ils envoient le maçon qui enlève des tuiles du toit, ou une fenêtre ; ou le menuisier qui emporte une porte soi-disant parce qu'elle doit être remise à neuf.

« — On va lui faire des courants d'air, a

déclaré Triquet, au café du bourg, qu'elle en crèvera...

— La difficulté, commença une fois de plus M. Livet, c'est que vous avez passé des actes en règle et qu'à moins de prouver...

— Je prouverai que ces gens sont de mauvaise foi, qu'ils méritent la prison, que...

J'ai collé mon visage à la vitre. Un mouvement venait de se produire au marché. Un colleur d'affiches s'était arrêté près de la grande entrée et avait appliqué une feuille blanche sur le mur de pierre. De loin, je pouvais lire, en gros caractères très noirs, un chiffre : 20 000. Et j'étais presque sûr que le mot qui suivait était *francs*.

Tante Valérie n'avait rien vu. Les mains croisées sur le ventre, elle reprenait haleine, sans toutefois laisser à M. Livet le temps de parler. D'un signe, en effet, elle lui indiquait qu'elle allait continuer.

Je ne sais pas pourquoi je me suis levé et ai quitté la pièce sans bruit. Il y faisait tiède et gris. Il y sentait le tissu, comme tous les vendredis. En bas, je trouvai ma mère sur le seuil en conversation avec une cliente et toutes deux regardaient de loin le groupe qui s'était formé devant l'affiche.

— Tu vas prendre froid, Jérôme... Mets ton paletot...

Je me faufilais déjà entre les bancs du marché tandis que la pluie me rafraîchissait la tête. Je me retournai machinalement. Je vis la jupe de ma tante, ses pieds toujours enveloppés comme des pansements. C'étaient des pantoufles de feutre dont elle était obligée de fendre le dessus, car elle avait les chevilles enflées. Près d'elle, avec sa figure de Chinoise, mademoiselle Pholien me suivait des yeux.

« Une récompense de 20 000 francs est offerte par le gouvernement à toute personne dont les indications permettront de découvrir l'auteur de l'attentat de l'Etoile... »

Des femmes avaient des écailles de poisson plein les mains. La marchande de fromages aux bras roses était tout près de moi, et j'aperçus aussi madame Rambures et son visage triste.

Je ne sais pas pourquoi j'eus soudain envie de pleurer. Les gens ne disaient rien. Ils paraissaient saisis d'une sorte de stupeur. Je sentis nettement une angoisse monter en moi, m'envahir tout entier. Il me sembla que la place qui m'était si familière perdait soudain son aspect rassurant. Ma mère était pourtant sur notre seuil, avec son tablier empesé et la lourde masse de ses cheveux de chanvre. Albert n'était pas à sa fenêtre. Des hommes gesticulaient devant le café Costard.

74

Il faisait aussi sombre qu'à quatre heures de l'après-midi, bien que l'horloge, au-dessus de ma tête, marquât dix heures moins dix. La pluie dessinait des hachures.

Je ne bougeais pas. Je sentais que mes oreilles devenaient rouges et que peut-être j'étais en train d'attraper un rhume. Mais je ne pouvais pas m'en aller. Je regardais l'affiche. Je regardais tout et rien en particulier. Il me semblait que d'une minute à l'autre la place pouvait être envahie par des gendarmes et par des hommes en casquette qui se précipiteraient pour couper les jarrets des chevaux...

Et mon père qui n'était pas là, qui ne rentrerait qu'à la nuit !

Est-ce que l'angoisse était réellement dans l'air ? Est-ce que tout le monde, comme moi, avait conscience que quelque chose se passait ? La place du marché, les rues, la ville, l'univers entier prenaient à mes yeux la même teinte dure que les gravures du *Petit Journal Illustré,* et par surcroît je me figurais les Triquet, Elise et son mari, comme des criminels sur qui se refermait la porte cloutée d'une prison.

— Jérôme !... cria ma mère de la voix de tête qu'elle prenait pour m'appeler.

Je fis semblant de ne pas entendre. Je voulais

rester là, dans la foule, parmi les jambes des grandes personnes, parmi les jupes des commères.

Bien peu d'années après je devais vivre une déclaration de guerre, mais je n'en eus pas la gorge pareillement serrée, je n'eus pas, comme ce matin-là, en sortant de la pièce tiède et ouatée, où la lampe à pétrole jetait des reflets rouges, le sentiment de la catastrophe.

Il m'apparaissait soudain que tout pouvait se produire, que tout était noir, âpre, méchant, qu'on allait frapper, tuer, rouler dans la boue dans un désordre affreux.

Par je ne sais quel rapprochement d'idées, c'était ma tante Valérie qui dominait le désordre, qui l'orchestrait en quelque sorte, avec son épais visage moustachu, sa grande bouche molle, ses yeux noyés d'eau.

— En prison... les crapules... les voyous...

Je levai les yeux. Elle n'avait pas bougé, elle parlait toujours tandis que M. Livet, penché en avant, écrivait sur ses genoux.

Je tressaillis parce qu'on me touchait l'épaule. C'était mademoiselle Pholien et je faillis m'enfuir.

— Il faut rentrer, Jérôme... Ta mère est inquiète... Tu vas prendre froid...

Je la fixai avec défi.

— Cela m'est égal !

C'était stupide, je m'en rends compte, mais d'étranges révoltes bouillonnaient en moi.

Notre place, si sûre jusque-là, avait rompu ses amarres, et la vie ne serait jamais plus la même. Mademoiselle Pholien dut remarquer que j'étais pâle, en dépit de mes oreilles cramoisies.

— Viens, insista-t-elle. Tu es trop impressionnable...

Elle m'avait saisi la main. Elle essayait de m'entraîner. Je résistais. Madame Rambures s'éloignait en penchant un peu la tête. J'entendis la marchande de fromages qui disait :

— Est-ce que son fils n'avait pas mis une bombe sous le lit de ses parents ?

— Viens, Jérôme... Ne te laisse pas traîner...

Car je laissais traîner mes pieds sur le pavé gluant du marché. Je ne voulais pas rentrer. Je ne sais pas ce que je cherchais encore.

Je me souviens que j'ai accroché en passant un panier de légumes et que mademoiselle Pholien s'est confondue en excuses auprès de la marchande. Chez nous, il y avait deux ou trois clientes. Ma mère hochait la tête en mesurant de la satinette noire. Une femme en cheveux affirmait :

— Ces choses-là, ça ne peut rien amener de bon pour le pauvre monde...

— Viens t'essuyer, Jérôme... soupirait mademoiselle Pholien.

Elle m'essuya le visage, les mains, me frictionna les cheveux avec une serviette rêche à bord rouge.

Il y avait du bruit dans l'escalier. M. Livet descendait, l'air pas content. Tante Valérie se penchait sur la rampe et lui lançait :

— Tant pis pour vous si vous n'y arrivez pas... Je m'adresserai à un avocat... Mais jamais ces bandits n'auront ma maison, jamais, vous m'entendez ?...

Ma mère regarda passer l'homme d'affaires et je jurerais qu'elle en était plus impressionnée que de l'affiche.

J'ai dû monter, puisque je me suis retrouvé dans la pièce où ma tante parlait toute seule en retirant son sautoir en or et en l'enfermant à clef dans un tiroir.

Je n'aurais peut-être pas pleuré. Il y avait déjà longtemps que je me retenais. Mais mon regard est tombé tout de suite sur mes petits animaux et je les ai vus dispersés, renversés, la girafe cassée en deux, et l'hippopotame tout écrasé, réduit en farine.

— Mes animaux ! ai-je crié.

Ma tante a grommelé :

— Laisse-nous tranquilles avec tes animaux. Ce n'est pas le moment de...

J'étais hors de moi, dressé comme un coq sur ses ergots.

— C'est toi qui as cassé mes animaux...

Ma tante eut le tort de mentir et je le sentis.

— C'est M. Livet, en se levant...

— Ce n'est pas vrai... C'est toi... Je suis sûr que c'est toi... Tu l'as fait exprès...

Je criais si fort qu'on devait m'entendre d'en bas et ma mère, sans doute, était dans l'angoisse.

— Tu l'as fait exprès... Si tu crois que je ne sais pas que tu l'as fait exprès...

J'en avais la certitude. Je l'ai encore aujourd'hui. J'imaginais ma tante se levant, furieuse, à la fin de son entretien avec l'homme d'affaires, et donnant pour se venger un coup de pied dans mes jouets.

D'ailleurs, elle n'aimait pas mes animaux. Déjà, la veille, elle les fixait méchamment.

— Jérôme... Sois sage..., balbutia mademoiselle Pholien qui ne savait où se mettre.

— Elle l'a fait exprès... C'est une... c'est une...

Quel est le mot que je cherchais ? En tout cas, je ne le trouvais pas et je lançai, sentant bien que le vertige me faisait commettre une bêtise :

— C'est une sale bête !

Alors je pus éclater en sanglots et me rouler par terre, au milieu de mes jouets éparpillés.

Ma mère avait passé la tête et le buste au-dessus du plancher. Elle reniflait. Elle se rendait compte de toute l'étendue du désastre.

— Il ne faut pas faire attention, tante... D'habitude...

Elle se mit à pleurer, elle aussi, cependant que ma tante Valérie faisait dégrafer sa robe de soie par mademoiselle Pholien et que les groupes s'épaississaient sur la place.

— Toi, Jérôme, tu vas aller te coucher tout de suite...

Je hoquetai :

— J'aime encore mieux aller me coucher que... que...

Je crois qu'en passant, j'allais donner un coup de pied dans les jambes de ma tante. Ma mère perdit la tête. Je reçus une gifle. Par hasard, elle m'atteignit au coin de l'œil et cet œil devint rouge.

— Allons, viens... Tout à l'heure, tu demanderas pardon à ta tante...

— Non !

Il fallait me traîner. Je trépignais. Ma mère retira mon veston, mon pantalon, mes souliers. Elle me retournait comme un bébé. La porte restait ouverte entre la chambre et la pièce.

— Mademoiselle Pholien... Vous seriez gentille de descendre un moment au magasin...

Je revois, à travers mes larmes, la tête encore grossie de ma mère et des larmes dans ses yeux aussi, des larmes d'énervement, peut-être de remords. C'était la première fois qu'elle me battait.

Puis, en ouvrant mon lit, elle aperçut mon œil rougi et elle ne sut plus que faire, elle alla tremper un mouchoir dans l'eau froide, elle se pencha sur moi, elle balbutia tout bas, par peur de ma tante :

— Je t'ai fait mal ?

Je secouai la tête et fermai les yeux.

Quand je m'éveillai, il faisait noir et de la lumière entrait par la porte entrouverte de la pièce. La machine à coudre bourdonnait. La table chauffante mettait un éclat rouge sur une statue de la cheminée qui représentait la Sainte Vierge.

Je me sentais gros et cotonneux comme quand on a la fièvre.

IV

J'ai insisté, peut-être avec une involontaire véhé-
mence (« Tu as toujours voulu avoir raison ! »
répète encore aujourd'hui ma mère), j'ai insisté,
dis-je, sur la fidélité de ma mémoire. Ce dont je
suis moins sûr, je l'avoue, c'est de sa continuité.

Si je revois des scènes aussi nettes, aussi fouil-
lées que certaines peintures de primitifs, il m'arrive d'hésiter au moment de les enchaîner entre
elles pour reconstituer une suite des événements.
Et certains trous, par contraste avec la lumière
crue qui les entoure, ont quelque chose de troublant.

Je suis arrivé devant un de ces trous. De loin, je
ne le voyais pas. J'étais persuadé que tout s'en-
chaînait sans difficulté.

Je suis dans mon lit, bon... La machine à coudre
fonctionne... Donc, mademoiselle Pholien est
là... Donc, nous sommes vendredi... J'entends

aussi le murmure monotone d'une voix de vieille femme, comme on en surprend en passant près d'un confessionnal : c'est ma tante Valérie qui dévide son chapelet de récriminations...

Or, l'image que je retrouve tout de suite après, c'est moi, un foulard autour du cou (donc, on craignait que j'aie pris froid), debout à ma fenêtre en demi-lune. Mademoiselle Pholien vient d'arrêter la machine pour faufiler ; tante Valérie parle ; la table chauffante exhale sa chaleur et son odeur de pétrole ; je vois dehors les trois lampes à acétylène des marchandes de poissons.

Tout semble indiquer que c'est le même jour. Et pourtant je ne me souviens pas être passé de mon lit, de la chambre de mes parents, dans la pièce. Un autre détail me surprend. Avant de me mettre au lit, on a parlé d'excuses que je devais présenter à ma tante. J'en ai rêvé. J'en ai eu le sommeil agité. Or, il n'en est plus question. Ma tante ne s'inquiète pas de moi.

Sommes-nous un autre jour ? Tout à l'heure, j'aurais affirmé que non, tant les événements s'emboîtent, mais la vie m'a appris que les événements, précisément, ne tournent jamais rond comme un engrenage et qu'il y a comme d'inexplicables repos.

Si nous ne sommes pas le même jour, nous

sommes le vendredi suivant, étant donné que mademoiselle Pholien ne vient coudre que le vendredi. Ai-je été malade? Je ne le pense pas. La vie de la maison, de la place, est-elle devenue soudain si neutre que je ne trouve rien à quoi me raccrocher?

Je pourrais questionner ma mère, mais ce serait encore pis; c'est d'une année entière, elle, que souvent elle se trompe.

D'ailleurs, cela ne change rien. Ce qui importe, c'est l'exactitude des faits que je rapporte et, une fois de plus, je m'en porte garant.

Il pleuvait. Il pleuvait noir. J'étais debout et non assis sur le plancher comme d'habitude, parmi mes jouets. Le foulard de soie (un ancien foulard de mon père, tout coupé, qui ne servait que quand on avait mal à la gorge) me tenait chaud au cou. La grosse marchande de poissons qu'on appelait Titine était occupée, malgré la pluie, à verser de grands seaux d'eau sur son étalage pour donner meilleur aspect à la marchandise.

Titine était aussi volumineuse que ma tante, mais beaucoup plus petite, avec un petit chignon gris au sommet de la tête. C'était la comique de la troupe et elle avait la manie d'interpeller les passants, de leur lancer des plaisanteries qui faisaient rire les autres aux larmes.

85

Comme disait ma mère, ce n'étaient pas des marchandes, mais des revendeuses qui, l'après-midi, prenaient possession, avec leurs lampes à carbure, de la place du marché. L'hiver, elles ne vendaient que du poisson et des coquillages ; l'été, à la saison des fruits, elles étaient plus nombreuses.

Des détails me reviennent, que j'avais oubliés. Titine, je ne sais pourquoi, m'avait pris en affection et, quand je passais, elle m'appelait de sa voix vulgaire.

— Viens ici, *m'fi...*

Elle plongeait la main dans une de ses caisses ou dans un panier, me fourrait dans la main une poignée de bigorneaux ou de crevettes grises.

Il arrivait à ma mère, à travers l'étalage, d'assister à la scène.

— Tu les as mangés ? questionnait-elle quand je rentrais.

Car si tout ce qu'on achetait au marché du matin était bon par définition, la marchandise des revendeuses était considérée comme douteuse.

— Tu verras !... Tu ne veux pas m'écouter !... Un jour, tu attraperas la typhoïde !

L'affiche était encore à sa place, dans la pénombre, collée contre le mur du marché. Mais ne pouvait-elle pas y être depuis une semaine ? Il y

86

avait bien, sur un autre mur, l'affiche du cirque qui était passé l'été précédent !

Ce qui m'étonne aussi, c'est que je n'aie prêté aucune attention à ce que disait ma tante, et je serais bien en peine de retrouver le sujet de ses homélies.

Par contre, je sais que quelque chose m'a frappé, quelque chose d'anormal, et je regardais la place dans tous ses détails en me demandant ce qui manquait. Je revois l'horloge qui marquait cinq heures dix. Je revois des silhouettes d'hommes derrière les vitres dépolies du café Costard. Je revois même le pharmacien, avec sa barbiche grise, penché sur son comptoir et pilant des ingrédients dans un bol.

C'est alors que j'ai levé les yeux. J'ai compris. Ce qui n'était pas normal, c'était la fenêtre de mon ami Albert, car je disais mon ami Albert sans lui avoir jamais adressé la parole.

Cette fenêtre n'avait pas de rideau à proprement parler. Mais le soir, au moment du souper, toujours à la même heure, madame Rambures s'approchait des vitres et accrochait par des anneaux un morceau de tissu noir qui devait provenir d'une vieille robe.

Or, ce soir-là, peu importe quel vendredi, puisque je n'en suis pas sûr, il n'était que cinq heures dix et le bout de tissu était déjà à sa place. Cela ne se serait compris qu'un samedi, car on voilait la fenêtre de meilleure heure pour donner le bain à Albert. J'en suivais les préparatifs. Je revois la bassine galvanisée et les deux brocs d'eau chaude, le linge propre que madame Rambures étalait sur le dossier d'une chaise, le rideau qu'elle ne mettait qu'à la dernière minute.

Mais puisque mademoiselle Pholien était chez nous, on était vendredi et je regardais, dérouté, presque angoissé, le tissu noir.

Mademoiselle Pholien a soupé avec nous. Cela arrivait souvent. En principe, elle devait partir à sept heures, mais elle s'attardait, il y avait toujours un travail à finir.

— Ne vous occupez pas de moi..., protestait-elle. Mettez-vous à table... Je n'en ai que pour quelques minutes...

On savait que ces quelques minutes duraient jusqu'à neuf heures du soir et qu'elle aurait passé une partie de la nuit si on l'avait laissée faire.

Elle s'en voulait de nous prendre un repas supplémentaire. Pour un peu, elle aurait craint d'être traitée de pique-assiette et elle ne s'asseyait que sur un bout de chaise, tenant ses petites mains aux doigts pointus tout au bord de la table.

Mon père, à cette heure-là, avait le sang à la

tête, les pommettes en feu, les yeux luisants, non parce qu'il avait bu, car je ne pense pas qu'il buvait, mais parce qu'il avait passé toute sa journée au grand air, dans le vent, sous la pluie. La chaleur de notre minuscule cuisine devait le saisir.

Il y avait des côtelettes de porc avec des choux de Bruxelles — de cela, je mettrais ma main au feu.

— Une demi, murmurait mademoiselle Pholien en allongeant les lèvres dans une moue qui faisait « distingué », la même moue que ma mère avait devant ses bonnes clientes.

— Mais non, mademoiselle Pholien. Puisqu'il y en a pour tout le monde...

Alors, comme toujours, elle coupa néanmoins sa côtelette en deux. Et, à un moment où on ne la regardait pas, elle en mit furtivement la moitié sur mon assiette.

— Chut !... A ton âge, on a besoin de forces...

Je savais qu'elle ferait de même tout à l'heure pour le gâteau de riz. C'était une manie. Mon père n'aimait pas ça, mais n'osait rien dire. C'était d'autant plus ridicule que, chez nous, on ne regardait vraiment pas à la nourriture ; on y regardait d'autant moins que les femmes du marché étaient presque toutes des clientes et que nous avions tout à très bon compte.

89

Urbain était déjà parti avec sa gamelle, sans doute tapi dans un coin de son écurie.

— Quel jour vas-tu à Saint-Nicolas ? a soudain demandé ma tante.

— Lundi, répondit mon père qui paraissait soucieux.

— Je voudrais que tu te renseignes... C'est au sujet de M. Livet... Je me doutais bien que c'était une canaille, comme les autres... Tous les hommes d'affaires sont des canailles, et les notaires encore plus...

Jamais je n'ai entendu personne prononcer le mot canaille comme tante Valérie. Sa grande bouche moustachue le broyait, le crachait comme quand on a pris par mégarde une noix gâtée. Elle était là, énorme, toute tassée sur sa chaise, toute ronde, toute molle et cependant lourde, à prendre toute la chaleur du poêle, à nous regarder les uns après les autres de ses yeux toujours pleins d'eau.

— Je suis sûre qu'il est allé à Saint-Nicolas sans me le dire... Il a vu Elise et son Triquet... Il ne l'avouera pas, mais je sais qu'il les a vus... Qu'est-ce qu'ils lui ont promis, je l'ignore, ou plutôt ce n'est que trop facile à deviner... Toujours est-il qu'il est de leur côté... Tu te renseigneras un peu... On doit l'avoir remarqué...

Mademoiselle Pholien se faisait petite et n'osait

pas mastiquer, de peur de déplacer trop d'air. Ce soir-là, tout le monde à la maison paraissait fatigué.

— Quand tu iras à Caen...

— Mercredi ou jeudi, interrompit mon père.

— Tu m'emmèneras dans la voiture... J'ai l'adresse d'un avoué... Tu viendras le voir avec moi... Je lui dirai nettement ce qui en est, que je ne veux à aucun prix que la maison reste à ces gens-là, ni la maison, ni un centime, et que je veux que vous soyez mes héritiers...

Il y eu un petit vide, comme quand on murmure :

— Un ange passe...

Ma mère et mon père ont évité de se regarder, ont fini par se regarder quand même, furtivement, comme si ce n'était pas bien.

— Encore un peu de petits choux, tante...

— Merci ! Je ne les digère pas...

Et je crois bien que j'étais devenu plus rouge que mon père. Ainsi, je n'y avais pas pensé plus tôt ! Je n'avais pensé à rien ! J'avais accepté sans discussion l'étrange envahissement de notre logement déjà trop petit par tante Valérie qui n'avait jamais mis les pieds chez nous, les recommandations de mon père :

— Ne répète jamais ce que tu as entendu...

Qu'est-ce que j'aurais pu entendre ? Et le portrait qu'il avait fallu réencadrer tout de suite, accrocher à la meilleure place, au-dessus de la Vierge de la cheminée !

Ce que j'avais entendu ? C'était une histoire de maison, cela me revenait maintenant. Plusieurs fois, il avait été question, à table, d'une maison dont nous hériterions, puis dont nous n'hériterions plus...

Et ce mot maison, chez nous, avait une résonance spéciale. J'y ai souvent pensé depuis. Je sais maintenant que la maison de ma tante, à Saint-Nicolas, devait valoir à l'époque une trentaine de mille francs, car elle comportait un pré qu'on louait à des fermiers voisins.

Mes parents n'avaient pas besoin de trente mille francs. Depuis l'âge de treize ans, avec son père, puis avec Urbain, mon père battait les foires du pays, par tous les temps, tous les jours de l'année ou presque, et je ne l'ai jamais vu chez nous qu'à l'heure du repas du soir. Depuis son mariage, ma mère passait sa vie à courir de la cuisine au magasin, et nous devions être à notre aise.

Néanmoins, nous n'étions pas propriétaires ! Et ce mot-là aussi était un mot à part, qui ne ressemblait à aucun autre mot du vocabulaire.

Il suffisait d'entendre ma mère annoncer le soir :

— Le propriétaire est passé tout à l'heure...

— Il est entré ?

— Non... Il est resté un bon moment collé à la vitrine, comme toujours...

Il est vrai que M. Renoré était un homme un peu effrayant. Il possédait près de la moitié des immeubles de la place qui, jadis, n'en formaient qu'un, le relais de poste, si je ne me trompe. La maison qu'habitaient Albert et sa grand-mère en faisait partie, la pharmacie aussi, et le café Costard. Quant à M. Renoré, il habitait une vieille maison à porte cochère de la rue Saint-Jean, avec encore des porte-flambeaux scellés dans la pierre et des bornes pour monter à cheval.

Il était très maigre, blanc de cheveux, blanc de teint, couleur d'ivoire, avec un long nez, une longue bouche mince, des traits burinés comme ceux d'un cadavre. Je n'avais jamais vu de cadavre, mais j'étais persuadé que M. Renoré ressemblait à un cadavre.

L'hiver, il portait une pelisse à col d'astrakan et il avait toujours à la main une canne à pommeau d'argent.

On disait que les maisons n'étaient pas à lui, mais aux Jésuites ; qu'il était lui-même une sorte de Jésuite laïc. Deux ou trois fois par semaine, il venait faire sa promenade, ou plutôt son inspection, à pas lents, en balançant le corps d'avant en arrière. Il ne saluait personne. Il s'approchait de la vitrine et s'arrêtait longuement, ce qui était ridicule, car un homme ne s'intéresse pas à un étalage de calicots, de confections pour dames et de mercerie.

Ma mère, dès qu'elle le sentait là, dès qu'elle voyait son ombre se dessiner sur la vitre, en avait les doigts agités. Elle perdait son sang-froid. Elle ne savait plus que répondre à ses clients et je crois qu'il lui arrivait de se tromper dans ses mesures.

Qu'est-ce qu'il regardait? Ce n'était pas ma mère, car après il s'arrêtait de la même façon en face du grainetier où il n'y avait pas de femme au magasin. Venait-il s'assurer que nous n'avions rien démoli dans la maison, ou que le commerce marchait assez pour nous permettre de payer le terme?

— Il n'est pas possible qu'on n'arrive pas à faire casser l'acte de vente! reprenait tante Valérie. D'abord, ils n'ont pas tenu leurs engagements, puisqu'ils n'ont pas vécu avec moi dans la maison comme c'était entendu...

— Ils s'y sont engagés par écrit? questionna mon père.

J'en fus gêné. J'aurais aimé ne pas le voir s'intéresser à cette histoire de maison.

— Pas par écrit, mais ça a été dit devant le notaire qui a passé l'acte... C'est une canaille aussi, mais il faudra qu'il répète devant le tribunal ce qu'il a entendu...

— Vous ne mangez rien, tante... Ni vous, mademoiselle Pholien ?

Ma mère voulait que les gens mangent. Elle remplissait leur assiette de force, comme mademoiselle Pholien me remplissait la mienne.

— Je vous léguerai la maison et les meubles... Il y a encore une somme que j'ai à la banque et que je vous donnerai avant de mourir...

Quel vendredi était-ce ? Encore une fois, je n'en sais rien. Mais n'est-ce pas curieux qu'il n'ait plus été question de la scène du matin, ni de mes animaux cassés, ni de la gifle ?

Le reste est plus confus. Peut-être avais-je sommeil ? On ne me mit pas au lit tout de suite, parce que mademoiselle Pholien avait encore à coudre dans la pièce. Les volets de la boutique étaient fermés. Seule une imposte, au-dessus de la porte, laissait voir un peu de nuit et des gouttes de pluie.

Dans un coin du magasin, près de l'escalier en colimaçon, il y avait un pupitre auquel mon père s'accouda. Tante Valérie était restée dans la cuisine. Ma mère replaçait les pièces de toile dans les rayons. Parfois mon père posait une question :

— Il reste du madapolam C.X. 27 ?

— Il n'en restait qu'une coupe. Je l'ai vendue tout à l'heure…

— Et le coton écru en grande largeur ?

— J'ai entamé ce matin la dernière pièce… C'était donc le jour des commandes.

— Le voyageur de Destrivoux et Fils n'est pas passé ? J'ai eu des réclamations pour sa percale à fleurs qui n'est pas bon teint…

Ma tante se mit en branle et vint se dresser comme une tour entre les comptoirs, ne sachant plus à qui parler, car ma mère roulait rapidement des pièces, mon père écrivait, mademoiselle Pholien faisait vibrer le plafond avec sa machine.

J'étais plein du mot maison et ces deux syllabes avaient pour moi, ce soir-là, quelque chose de maussade, d'un peu honteux. Je ne me souviens pas d'être monté me coucher et pourtant, comme d'habitude, j'ai dû embrasser ma mère, puis mon père dans ses moustaches.

Est-ce qu'ils ont encore parlé, dans leur lit, de toutes ces histoires de notaire, d'avoué et de M. Livet ?

— Tu vois bien, Jérôme, que tu te trompes, triompherait ma mère. Les enfants, ça se fait si facilement des idées !...

Or, je ne me trompe pas. Cela s'est passé ainsi. Pourquoi je me suis levé plus tôt que les autres jours, je suis incapable de l'expliquer, mais ce n'est pas tellement extraordinaire. J'ai peut-être été indisposé ?

Ou bien... Parbleu ! C'est le plus probable. Il arrivait qu'on entreprenne ce qu'on appelait le nettoyage à fond. Une femme de ménage venait toute la journée. Elle commençait de très bonne heure, avant le départ de mon père, pour avoir fini le magasin au moment de l'ouverture. Ma mère l'aidait, les cheveux dans un tissu noir à petits pois blancs. Puis, quand on commençait la cuisine, elle montait vite faire sa toilette afin de prendre sa place au comptoir.

C'est ce qui a dû se passer. Dans ces occasions, on me montait mon déjeuner, car dans la cuisine on empilait les chaises sur la table et on poussait tous les meubles dans un coin avant de déclencher les grandes eaux.

Ainsi s'expliquerait que nous étions, tante Valérie et moi, dans la pièce, près de la fenêtre en demi-lune, dès sept heures et demie du matin, alors qu'il faisait encore presque noir et que les lampes étaient allumées.

Ce dont je me souviens, c'est de l'aspect du marché, car le samedi était jour de grand marché. Quatre rues, autour de la place, étaient envahies par les paysannes des environs qui s'installaient devant leurs paniers, leurs cages à poules et à lapins.

Les carrioles étaient derrière le marché couvert, avec les chevaux, et il venait de par là des bruits de sabots et des hennissements.

Il ne pleuvait pas, c'est ce qui me frappe le plus. Le sol était encore mouillé, encore noir, ainsi que le vaste toit d'ardoises du marché. Mais ce qu'il y avait d'inattendu, ce qui transfigurait le paysage, c'était le brouillard que perçait à peine le halo jaune des becs de gaz.

Il faisait plus froid. Les gens avaient le nez rouge et on les voyait essuyer sans cesse leurs narines humides. La porte de la pharmacie était ouverte et une vieille femme ramenait les eaux sales vers le seuil avec son torchon. Je la revois, de dos, le derrière en l'air, la tête presque au niveau des deux marches, un seau grisâtre à côté d'elle.

Des hommes transportaient des caisses, des paniers, déchargeaient des camions. C'était l'heure des gros travaux, quand le marché appartient encore à ceux du métier et que, dans les maisons de la ville, les ménagères préparent le café du matin et font la liste de leurs provisions.

— Ça chauffe assez?

Ma mère était montée en coup de vent. Elle inspectait la pièce, s'assurait que la lampe ne fumait pas dans la table chauffante, car ma tante ne s'en serait occupée pour rien au monde.

— Vous n'avez besoin de rien?... Avec ce brouillard, il va falloir recommencer les vitres...

Je ne savais pas pourquoi il faudrait recommencer les vitres, et ce mystère minuscule me préoccupa.

— Ne vous gênez pas pour appeler si vous avez besoin de quoi que ce soit, n'est-ce pas, tante?... Toi, essaie d'être sage... D'ailleurs, après les vacances de Noël, tu retourneras en classe... A présent, cela ne vaut plus la peine...

Les clients du café Costard n'étaient pas les mêmes le matin que l'après-midi. Le matin, c'étaient des maraîchers, des camionneurs, des paysannes qui venaient casser la croûte sur les tables toujours mouillées et qui se coudoyaient dans un brouhaha puissant, dans une lourde odeur de mangeaille.

J'ai vu les quatre hommes arriver. Je ne les connaissais pas, sauf un, mais j'ai senti tout de suite ce que leur présence au marché avait d'insolite. Il y avait un grand maigre, avec un pardessus à taille et un monocle, qui devait être un personnage important. Un petit gros marchait à côté de lui et gesticulait en parlant. Les deux autres, plus vulgaires, se tenaient à distance, comme s'ils attendaient des ordres.

Ils se faufilaient dans la bousculade du marché en essayant de ne pas tacher leurs vêtements, puis ils ont paru chercher un endroit tranquille, ils se sont installés tous les quatre sous l'horloge et ils ont regardé dans la direction de la graineterie.

Deux ou trois fois, le grand à monocle a tiré une montre à boîtier de sa poche et le couvercle sautait d'un coup sec sous la pression d'un ressort.

Où était tante Valérie ? Elle n'était pas près de moi à cet instant. Sans doute au petit endroit où elle descendait à heure fixe, deux fois par jour, et d'où elle ressortait avec un profond soupir de satisfaction. Elle devait être sale. Je ne devrais peut-être pas rapporter ce détail, mais il m'a trop vivement frappé pour le taire. Un jour, j'y étais allé avant elle. Je savais qu'il n'y avait pas de papier, puisque j'avais employé le dernier morceau de journal.

Or, elle n'en a même pas fait la remarque et elle

est revenue s'asseoir près de moi comme si de rien n'était !

Encore un coup d'œil à la montre. Moi, je regardai l'horloge et je vis qu'il était une ou deux minutes avant huit heures. Un signe du grand maigre. Le petit gros, accompagné des deux autres, se mit en marche, se glissa à nouveau entre les paniers et les bancs, laissa un de ses compagnons sur le trottoir, en face de la graineterie, et pénétra dans le couloir étroit qui flanquait la boutique et par lequel on montait chez mon ami Albert.

Ma mère aurait dit qu'il faisait un temps de cimetière. Tout était d'un gris blanc, tout était mou, feutré, irréel, et les bruits n'avaient pas leur résonance des autres jours.

Le grainetier, qui portait sur sa tête chauve une calotte de satin noir, sortit de sa boutique toujours sombre et adressa la parole à l'homme resté dehors. J'ignore ce qu'il lui dit. J'ignore ce que l'autre répondit, mais il regarda la fenêtre en demi-lune de madame Rambures.

Alors, tout doucement, si insensiblement que moi qui regardais de tous mes yeux je ne pourrais pas dire comment cela s'est fait, les gens se sont mis à lever la tête, à se grouper. Le temps de regarder la fenêtre à mon tour et il y avait déjà ce qu'on appelle un rassemblement.

Le rideau noir était enlevé. La chambre était éclairée par une lampe à pétrole, car il n'y avait pas le gaz au premier. Albert était assis dans son petit fauteuil, un fauteuil comme j'aurais tant voulu en avoir un, à fond de reps grenat. Il était en caleçon et sa grand-mère était occupée à lui passer sa culotte.

Ce n'était que comme ça, penchée, que je la voyais à peu près tout entière. Elle était déjà, elle, habillée complètement et je ne l'ai jamais surprise en négligé.

Est-ce qu'elle parlait ? Qu'est-ce qu'ils se disaient. Elle a levé la tête. Sans doute frappait-on à la porte ? Puis elle a disparu. J'ai vu des jambes d'homme, des souliers noirs, des pantalons noirs, et on laissait mon ami Albert en panne dans son fauteuil avec sa culotte de velours à mi-jambes.

— Qu'est-ce que c'est ? questionna ma tante qui venait de rentrer.

Je tressaillis comme si on m'eût pris en faute. Je constatai que des gens étaient sortis du café, qu'il y avait au moins cinquante personnes le nez en l'air.

— Je ne sais pas...

— On dirait qu'il se passe quelque chose... Va voir... Ou plutôt non... Si tu prenais froid, ta mère prétendrait encore que c'est de ma faute...

— Je vais voir..., dis-je.

— Jérôme !... Non... Tu...

En bas, ce fut ma mère qui me retint par le bras au moment où j'allais sortir.

— Monte, Jérôme... Ce ne sont pas des spectacles pour toi...

— Pourquoi ?

— Pour rien... Monte !... D'ailleurs, ta tante t'appelle...

Combien de temps suis-je resté en bas ? Quand j'ai repris place à ma fenêtre, Albert avait son pantalon bien mis. Je ne voyais que les jambes d'un des deux hommes. L'autre, en effet, était descendu et avait appelé le compagnon resté sur le trottoir. Quant au quatrième, celui à monocle, il était toujours immobile sous l'horloge, avec l'air de diriger de loin les événements.

— On dirait que c'est la police..., murmura tante Valérie.

Moi, je savais que c'était la police, parce que je connaissais celui qui était resté un moment sur le trottoir, un homme à long cou, avec une grosse

103

pomme d'Adam, qui venait de temps en temps dresser des procès-verbaux sur le marché.

Toutes les marchandes n'avaient pas quitté leur banc. Le travail continuait malgré tout, mais il y avait par-ci par-là des groupes qui regardaient la maison du grainetier, et on sentait que les gens discutaient passionnément.

— Qu'est-ce que les trois hommes faisaient, à l'intérieur? L'un d'eux sortait, allait parler au type à monocle et repartait en courant dans une autre direction.

La marchande de fromages, devant chez nous, battait ses flancs de ses bras boudinés, pour se réchauffer les mains. Et ma tante psalmodiait, en approchant son fauteuil de la vitre, ce qui m'empêchait d'aussi bien voir:

— Tout cela finira mal... Quand ça commence... Des canailles, voilà ce que c'est... Passe-moi mon châle, Jérôme...

Cela a duré deux longues heures. Le brouillard ne se levait pas. Les gens évoluaient toujours dans un nuage humide et les nez coulaient, les doigts devenaient gourds, les ménagères allaient de banc en banc avec leur filet ou leur sac à provisions, tâtaient la marchandise pour s'éloigner ensuite, sous les quolibets des marchandes, en prenant un air digne. Je crois que je connais mieux que quiconque tous les gestes, toutes les expressions de physionomie des femmes qui font leur marché, depuis celles qui viennent avec leur bonne jusqu'à celles qui, comme madame Rambures, hésitent pendant une demi-heure à acheter une paire de limandes et se livrent pendant ce temps à un décourageant calcul mental.

Comment les autres sont-ils venus? Qui les a avertis? D'où sortaient-ils? Toujours est-il que, non loin du café, des hommes se sont groupés peu à peu, des hommes en casquette, mal habillés, au visage dur, de ceux que j'imaginais coupant les jarrets des chevaux à l'aide de rasoirs ou défilant dans les rues derrière des banderoles.

Presque en même temps que ces hommes, des agents en uniforme, allant et venant d'un air faussement dégagé et ne les quittant pas du regard.

Entre eux, de la méfiance, mais aussi du défi, comme s'ils se disaient :

« Commence, si tu oses !

— Commencez, vous autres ! »

Et ma tante criait du haut de l'escalier :

— Henriette !... Henriette !...

— Je viens...

Ma mère accourut, en effet, troublée.

— Qu'est-ce qui se passe ?

— On ne sait pas... La police perquisitionne chez madame Rambures... Sans doute à cause de son fils... Excusez-moi, tante, mais j'ai du monde au magasin...

Il était dix heures et demie quand la police est partie, pas la police en uniforme, mais seulement les deux hommes qui avaient pénétré à huit heures dans la maison, et souvent, pendant ce temps, j'avais vu leurs pieds et leurs jambes ; ils s'étaient assis un bon moment pour causer avec madame Rambures, et le gros avait un calepin sur les genoux.

L'homme au monocle s'est éloigné de son côté comme s'il ne les connaissait pas — pour les retrouver plus loin, j'en suis sûr — et je suppose maintenant que c'était quelque haut fonctionnaire, peut-être le chef du cabinet du Préfet ?

Trois agents... cinq... six... A onze heures, ils étaient huit ; ils marchaient deux par deux, en prenant le plus de place possible sur le trottoir, et ils devaient répéter :

« Circulez... »

Le ciel tournait au jaune crasse, comme si l'agitation du marché avait sali petit à petit le brouillard, et je m'aperçus qu'on n'avait pas éteint les becs de gaz, ce qui faisait de cette journée une journée tout à fait à part.

Soudain, madame Rambures vint accrocher le rideau noir devant sa fenêtre et je me demandai ce qu'Albert pouvait faire dans la pièce sombre, sans penser qu'on avait évidemment allumé la lampe.

— Je l'ai toujours dit... Du moment que ces gens-là commencent à réclamer et qu'on les laisse faire...

De temps en temps, comme ça, tante Valérie, entre deux soupirs, lâchait une phrase ou deux.

— Ce n'est pas encore l'heure du journal, Jérôme ?

Le commerce marchait. Le marché suivait son train-train habituel. Les ménagères qui venaient seulement d'arriver regardaient avec étonnement les agents si nombreux, et aussi, non sans inquiétude, ces quelques hommes sortis Dieu sait d'où et dont le sarcasme silencieux était comme une menace.

Je n'ai pensé, ce matin-là, ni à mes petits meubles, ni à mes animaux. Je me demande si, à dix heures, ma mère m'a monté mon lait de poule pour me fortifier, car il paraît que je n'étais pas assez robuste.

Je me dis aujourd'hui que les enfants enregistrent avec trop d'acuité, de violence, pour être capables d'enregistrer longtemps et c'est pourquoi, vraisemblablement, il y a un nouveau vide.

Mais je retrouve des images et des impressions nettes au moment — vers trois heures, je suppose, car il faisait presque noir — où, ma tante ayant réclamé je ne sais combien de fois le journal, en criant du haut de l'escalier, ma mère a fini par le lui monter.

Tante Valérie s'est jetée dessus férocement, comme si, enfin, on lui donnait sa pâture. Elle m'a réclamé ses lunettes. Elle ne s'est pas donné la peine de les essuyer et pourtant un des verres était tout gras.

— Ecoute, Jérôme...

« Dès le début de l'enquête, la Sûreté Générale a acquis la certitude que l'attentat de l'Etoile est l'œuvre d'un anarchiste isolé. La bombe, d'ailleurs, quoique dangereuse, puisqu'elle a produit les dégâts que l'on sait, était d'un modèle rudimentaire qui écarte l'idée d'un attentat organisé par des spécialistes.

« Enfin, la visite royale a été précédée de mesures particulièrement importantes et l'on peut affirmer que tous les suspects appartenant à des groupements connus étaient étroitement surveillés, voire incarcérés préventivement.

« Dans la journée d'hier, un assez grand nombre de personnes qui se trouvaient sur les lieux de l'attentat ont été convoquées rue des Saussaies.

On n'a pas oublié que le criminel, s'il a pu s'échapper à la faveur de la panique, a été vu par plusieurs de ses voisins, entre autres par toute une famille de l'avenue des Ternes, qui était installée sur une échelle double.

« Pendant des heures, avec la patience que la police apporte à ces sortes d'enquêtes, des centaines de photographies de suspects ont donc été présentées à tous ceux qui étaient susceptibles d'avoir vu l'assassin.

« Nous pouvons annoncer que cinq témoignages pour le moins concordent pour désigner un individu, originaire d'une province française, et qui a déjà fait parler de lui jadis dans des circonstances analogues.

« Il s'agit d'un dévoyé, appartenant à une honorable famille, mais il nous est impossible quant à présent de donner de plus amples renseignements sans risquer d'entraver l'œuvre de la police.

« Des commissions rogatoires ont été envoyées.

« Nous espérons d'ici peu fournir tous les détails sur cette affaire qui, heureusement, n'a pas eu les suites qu'on pouvait craindre sur le plan international... »

Il y avait beaucoup de mots que je ne comprenais pas. Tante Valérie relisait deux ou trois fois

certaines phrases qui devaient lui être particulièrement agréables.

— C'est sûrement le fils ! conclut-elle avec
componction.

Elle faisait allusion à la visite domiciliaire du
matin chez les Rambures. Or, le fils, pour moi,
c'était Albert. Je ne comprenais plus. J'étais
sidéré.

— Il faut croire qu'on ne l'a pas déniché...

Je faisais un effort. « Qu'on ne l'avait pas
déniché ? » Pourtant, Albert était là, sans culotte,
quand le commissaire était entré !

— Ce serait quand même un certain culot de sa
part d'être venu se cacher chez sa mère...

C'était trop. J'étais incapable d'assimiler tout
cela. J'en avais la tête pleine et brûlante.

Et ce qui m'angoissait par-dessus tout, c'était de
voir toujours les deux groupes, les agents qui
affectaient de se promener et les autres, cette
poignée d'hommes qui, Dieu sait pourquoi, conti-
nuaient à stationner sur la place où ils n'avaient
rien à faire.

J'avais peur, atrocement peur !

V

N'est-ce pas troublant de penser que, vivrais-je très vieux, vivrais-je cent ans, il restera toujours pour moi deux êtres en dehors de l'humanité, en dehors de tout ce que conçoivent les grandes personnes, et que le vieillard que je serai, assis sur son banc au soleil, verra, en fermant les yeux, monter dans l'air comme des langues de feu, ou encore des âmes phosphorescentes, que, malgré toute sa raison et tout ce qu'il aura appris, ce vieil homme continuera à leur donner un nom, à les appeler, peut-être à leur parler?

La première de ces âmes-là, c'est celle de ma sœur.

Quand ai-je appris que j'avais eu une sœur? Vers cette époque, puisque c'est tante Valérie qui, sans le savoir, a provoqué cette révélation, un soir que nous dînions autour de la table ronde. Mon père avait dû remarquer que ma mère avait

111

un cerne mince et profond sous les yeux, ce qui lui arrivait assez souvent, et elle avait sûrement répondu :

— Je suis un peu fatiguée.

Alors, je ne sais pas pourquoi, tante Valérie m'a regardé d'un œil si méprisant qu'on aurait dit qu'elle voulait m'écraser, et elle a ouvert sa laide grande bouche.

— C'est dommage que tu n'aies pas une fille au lieu d'un garçon...

Je fixais mon assiette et je n'ai pas vu tout de suite le changement sur le visage de ma mère. Un ange est passé. Puis, surpris, j'ai entendu qu'on reniflait, j'ai levé la tête, j'ai vu ma mère qui se levait en cachant sa figure, qui marchait très vite vers la porte et qui, d'un mouvement toujours plus précipité, sans pouvoir retenir un sanglot, s'élançait dans l'escalier.

— Qu'est-ce qu'elle a ? s'est étonnée ma tante.

Mon père n'avait pas sa voix habituelle. Il a hésité à parler devant moi.

— Nous avons eu une fille..., dit-il. Tout de suite après Jérôme...

— Et... ?

— Oui... Après quelques heures... On a tout fait...

Je ne pleurai pas, mais je ne pus avaler une

bouchée. Ma mère ne redescendait pas. Ma vilaine bête de tante racontait des histoires de petites filles mortes et mon père n'écoutait pas, tendait l'oreille aux bruits d'en haut.

Il a attendu que le souper fût fini. Il est monté, avec l'air de rien. L'idée de rester seul, à ce moment-là, avec ma tante, me fut insupportable et je le suivis sans bruit.

Mes parents n'avaient pas allumé. Je m'approchai de la porte. Dans la pénombre, je vis ma mère couchée sur son lit tout habillée, le visage dans l'oreiller, le dos secoué de spasmes ; et, pour la première fois, je vis mon père à genoux près du lit ; il tenait une main de ma mère. De l'autre main, il lui caressait les cheveux.

Il répétait doucement :

— Ma petite chérie... Ma pauvre petite chérie...

Alors j'éclatai à mon tour, parce que je n'en pouvais plus. Jamais mon père et ma mère n'avaient été ainsi ; c'était un ménage ; c'étaient des commerçants ; c'étaient des parents...

— Qu'est-ce que tu fais ici, Jérôme ?

Mon père, un peu honteux, se relevait et essuyait ses genoux.

— *Mon Dieu, je vous en supplie, faites que ma petite sœur ne reste pas dans les limbes.*

Car je connaissais mon catéchisme et j'imaginais ma sœur, toute pâle — je n'imaginais pas sa forme, à vrai dire, mais comme un halo — dans un immense corridor glacé.

— *Mon Dieu, je vous en supplie...*

C'est sous cette forme qu'adulte j'ai continué à la voir en rêve, comme j'ai continué à revoir Albert, plus tard, quand il est mort.

Cet Albert, qui tient une si grande place dans mes pensées et dans mon affection, je ne lui ai jamais parlé, je ne lui ai jamais touché la main.

Quel choc, ce matin-là, quand je courus à la fenêtre et que j'épiai l'autre fenêtre en demi-lune si pareille à la mienne! J'avais oublié que c'était dimanche. La place me paraissait vide. Le vent faisait tourbillonner des bouts de papier sur les pavés gris et le cadran de l'horloge était d'un blanc de givre.

Le rideau noir avait été retiré, comme on le retirait chaque jour. Mais pourquoi avait-on accroché à sa place ce tissu rose qui ne laissait qu'une fente d'une vingtaine de centimètres? Je ne pouvais voir ni Albert, ni sa grand-mère. Un long moment je crus qu'ils n'étaient plus là, qu'ils ne reviendraient jamais; cependant, à force de fixer la fente sombre, entre le montant de la fenêtre et le rideau, je surpris un mouvement, la tache laiteuse d'une main, je sus qu'ils étaient chez eux, tapis dans l'ombre.

Les boutiques n'étaient pas encore ouvertes. Certaines n'ouvriraient pas de la journée et, sur la place, il n'y avait que quelques marchandes qui s'en iraient à onze heures. Je repérai deux hommes, dont le grand policier maigre, qui faisaient les cent pas et qui finirent par entrer dans le café dont la porte était ouverte et où le garçon en tablier bleu balayait la sciure.

Ce dimanche m'a semblé plus vide que les autres bien que, ce qui arrivait rarement, mon père fût chez nous. Il se rasait dans la chambre alors que ma mère était déjà revenue de la première messe et qu'elle préparait le déjeuner. J'avais le droit de mettre mon costume chasseur et mes nouveaux souliers. J'avais droit aussi à deux sous que, pendant des heures, j'allais faire sauter dans ma poche avant de décider de leur emploi.

Je n'avais pas de camarades. Une fois lavé, habillé, gavé de chocolat et de petits pains, je me trouvais dans la rue froide, raidi par mon beau costume, les genoux bleus sous la bise, les mains dans mes poches.

Il fallait que j'aille à la messe, car j'y allais tout

seul, comme un grand, et même j'avais déjà pris l'habitude de me tenir debout dans le fond de l'église avec les hommes, tandis qu'Albert occupait un prie-Dieu à côté de sa grand-mère.

Mais ils ne viendraient pas aujourd'hui. Ma mère avait dit, en déjeunant :

— Ce matin, à la première messe, cette pauvre madame Rambures dévorait littéralement le bon Dieu sur la croix... Est-il possible que des braves gens aient si peu de chance !

La veille au soir aussi, on en avait parlé, mais à mots couverts, pour que je ne comprenne pas.

— Si seulement ce pauvre petit avait une mère !... Savez-vous, tante, ce que fait maintenant la femme que le fils Rambures avait épousée ?... Elle fait la vie...

Je ne savais pas ce que cela signifiait et je n'en étais que plus impressionné, surtout que tante Valérie hochait la tête en mâchonnant férocement.

— Vous verrez ce que je vous dis !... Tout cela finira mal...

Devant chez lui, M. Brou, le pharmacien, essayait de mettre en marche une auto qu'il venait d'acheter et qui était la première qu'on voyait à un habitant de la place. Je dus rester longtemps à la contempler, puis je m'arrêtai pour examiner de

116

bas en haut les deux policiers qui sortaient du café en essuyant leurs moustaches. Il ne pleuvait pas, mais il y avait des rafales de vent, les nuages couraient presque à ras des toits et, quand on tournait le coin de certaines rues, on était saisi par un courant d'air pénétrant, les jupes claquaient, les femmes tenaient leur chapeau, des hommes, parfois, couraient après le leur qui roulait dans un nuage de fine poussière.

« Mon Dieu, faites qu'il n'arrive rien de mauvais à mon ami Albert... »

Je crois que les hommes, au fond de l'église, s'amusaient de me voir debout dans leurs jambes et ils me poussaient doucement au premier rang.

Ce qui m'impressionnait le plus c'était, à la fin du service, quand les orgues jouaient à pleins tuyaux, avec à la fois les basses et les trémolos, c'était aussi le long piétinement sur les dalles, puis la lumière crue du jour qu'on découvrait soudain sur le parvis, les groupes qui se formaient, les gens qui s'attendaient.

Or, voilà que tout le monde se dirigeait vers une palissade où l'on voyait deux affiches l'une à côté de l'autre. La première était la même que celle qu'on avait collée sur le mur du marché.

La seconde... Je dus me faufiler, mais ici les gens résistaient, car tous voulaient voir en même temps, et on se haussait sur la pointe des pieds, et il y avait des moments où je ne savais plus où j'étais.

— C'est bien lui, affirma quelqu'un. Je m'en souviens quand il était employé chez Bernet, l'agent d'assurances...

J'atteignis le premier rang et j'étais si près de l'affiche posée plus haut que ma tête que je la voyais mal. La fourrure d'une femme chatouillait ma joue et je me souviens de l'odeur de cette fourrure.

« *20 000 francs de récompense...* »

Comme sur la première affiche. Sur celle-ci, il y avait un nom en gros caractères et surtout une photographie.

« *à qui fera retrouver*
Gaston Rambures... »

Quelqu'un prononçait derrière moi :

— Il n'est quand même pas assez naïf pour venir se cacher ici... Sans compter qu'après ce qui s'est passé jadis, je doute que sa pauvre mère...

Je dévorais le portrait des yeux et je n'ai jamais,

je crois, été aussi déçu de ma vie. Ainsi, c'était ça, le père de mon ami Albert ?

Je ne savais pas alors ce que c'est qu'une photographie anthropométrique, ni qu'elle donne au plus honnête homme la mine d'un assassin. Il ne portait pas de faux col. Sa chemise était ouverte sur son cou et laissait jaillir la pomme d'Adam. Le visage paraissait tout de travers, le nez surtout. On aurait dit qu'il ne s'était pas rasé de huit jours et son regard était sombre, sous d'épais sourcils noirs.

Je suivis la foule. J'étais comme un bouchon. Toujours seul, les mains dans les poches de ma culotte, écartant mon paletot de ratine à boutons dorés, j'allais de l'avant, je m'arrêtais, je regardais les gens, les vitrines, je donnais parfois un coup de pied dans une pierre ou dans une boule de papier et je pensais à Albert.

Mon père devait être chez le coiffeur, car il en profitait, les dimanches où il n'allait pas à quelque marché ou à quelque foire. Il assisterait à la dernière messe, celle de onze heures et demie, et, au déjeuner, il sentirait l'huile antique.

On put croire qu'il allait pleuvoir. De larges gouttes d'eau tombèrent qui n'avaient pas l'air de venir d'au-dessus de la ville mais de très loin, du côté de la mer, et elles avaient à peine dessiné quelques taches noires sur les pavés que cela s'arrêtait.

La musique militaire occupait le kiosque et des gamins de la rue couraient entre les chaises et bousculaient les grandes personnes.

On mangea de la poule, comme tous les dimanches. Je pense maintenant qu'après la messe mon père allait prendre l'apéritif dans un café, car ses moustaches avaient une odeur particulière, à la fois sucrée et alcoolisée.

— Quand je songe à cette pauvre femme et à tout ce qu'elle a déjà souffert..., soupirait ma mère en découpant la poule et en posant les parts sur une assiette. Tu crois qu'il serait venu se cacher ici?

— Il a été aperçu au Havre! intervint tante Valérie qui avait déjà lu le journal. Supposez maintenant que je sois encore dans ma maison, toute seule, et qu'un type comme lui vienne rôder à Saint-Nicolas... Vous croyez qu'il hésiterait à me faire un mauvais parti?

Je regardai vivement tante Valérie et un instant, à l'idée que cela aurait pu arriver, j'eus une bouffée de joie. Elle le sentit, car elle m'écrasa du regard. Elle semblait vraiment, quand elle regardait quelqu'un ainsi, écrabouiller une punaise.

— Moi, je continue à prétendre que ces gens-là

sont irresponsables, murmura ma mère. Enfin, tante... Est-ce que c'est naturel qu'un garçon de dix-neuf ans place une bombe sous le lit de ses parents ?

Elle s'en voulut d'avoir parlé devant moi, mais il était trop tard.

— Ce sont ses lectures qui lui ont tourné la tête... Ou alors, c'est un malade... Je me souviens de lui... Je me souviens même du temps où il faisait son service militaire et où il venait en permission...

Je regardais. J'écoutais.

— Comment cela se fait-il, questionna ma tante, que son père et sa mère n'aient pas sauté tous les deux ?

— La bombe a fait long feu... Il l'avait fabriquée avec une boîte à petits pois... Le curieux, c'est que seul un mur s'est écroulé et que le lit n'a rien eu... Son père en est mort quand même, de chagrin...

Mon père faisait des signes pour qu'on ne raconte pas ces choses-là devant moi. Les volets du magasin étaient ouverts, car autrement il ne faisait pas assez clair dans la cuisine ; le bec-de-cane était calé, la pancarte « Fermé » suspendue à ses deux chaînettes de cuivre.

On aurait pu en profiter pour sortir. C'était

rare, mais il nous arrivait d'aller nous promener le long du canal, puis, au retour, de prendre un verre au café de la Comédie, qui, le dimanche, surtout vers la soirée, sentait le cigare, et où on jouait de la musique.

— Sortez, vous autres ! insistait ma tante. Je ne veux pas vous empêcher de prendre l'air. Moi, je n'ai pas envie d'aller traîner dehors ma vieille carcasse...

On ne sortit pas. Ma mère alla acheter des gâteaux chez Boildieu. Pendant longtemps on resta assis dans la cuisine, sans rien dire, sans rien faire.

— Tu devrais aller jouer au billard, André...

Non ! Mon père préférait encore retirer son faux col à pointes cassées et mettre ses écritures en ordre, à son pupitre du magasin. Ma mère tournait un peu en rond, touchait ceci, touchait cela, et fatalement elle finissait dans le magasin, elle aussi, à ranger dans les rayons, à étiqueter des coupons, à relever des références.

— Pourquoi ne vas-tu pas dans la rue, Jérôme ? Ces temps-ci, tu es encore tout pâle...

Je ne voulais pas sortir. J'allai chercher mes animaux et mes petits meubles et je m'installai dans le magasin, tandis que ma tante ne savait où se tenir et venait sans cesse relancer mon père et ma mère.

C'est vers deux heures et demie que cela a commencé. Un rayon de soleil avait fini par sortir des nuages et éclairait le haut des maisons. Maintenant, sur le mur du marché couvert, il y avait aussi les deux affiches.

Je me souviens du premier groupe, le père, la mère et deux petites filles avec des nattes dans le dos. Ils étaient debout au milieu de la place. Les filles se tenaient par la main et portaient des chapeaux ronds de pensionnaires, au bord large et relevé.

Le père a levé sa canne, comme pour montrer un détail du paysage, et ce qu'il désignait ainsi, c'était la fenêtre en demi-lune des Rambures, au tissu rose qui devait être un ancien jupon de dessous.

D'autres sont venus, en promenade, comme s'ils allaient tourner autour du kiosque, des gens qui n'étaient pas de notre quartier, et quand ils ne savaient pas, ils s'approchaient de ceux qui étaient au courant. Ils étaient tous endimanchés. Les enfants marchaient devant, les mains grossies par les gants de laine tricotée.

Il y eut aussi un groupe de très jeunes gens qui avançaient en riant et en se bousculant et qui

123

portaient à la boutonnière une fleur rouge en celluloïd. Ils sont restés longtemps sur la place, à mener grand tapage, puis tout d'un coup ils ont enfoncé les doigts dans leur bouche et ils ont émis des sifflements stridents.

Un agent est venu leur parler. Ils se sont éloignés à regret, en s'arrêtant de temps en temps.

— Dis donc, André, à propos de la maison...

C'était ma tante, évidemment. En fin de compte, on était allé chercher son fauteuil d'osier pour que, du moins, elle se tienne tranquille quelque part.

Enfin, subit et violent comme un orage, l'éclat, derrière chez nous, du côté du boulevard de la République, d'une fanfare agressive.

Nous nous sommes regardés. Je revois le regard étonné de ma mère. Je voulus aller voir.

— Reste ici ! dit mon père.

Et il expliqua aux deux femmes :

— C'est une manifestation en faveur des grèves... On en parle dans le journal... Ils vendent des insignes dans la rue... Je croyais que la police avait interdit le cortège...

Un dernier souvenir de ce dimanche-là : notre vieil Urbain qui, à la tombée du jour, traversait la place en zigzaguant, s'arrêtait, regardait autour de lui avec hébétude et repartait en parlant tout seul.

Il dut se coucher aussitôt car, au souper, il ne vint pas remplir sa gamelle.

Et le lendemain matin il pleuvait à nouveau, moins noir, par rafales, par bourrasques, avec des entractes livides et frissonnants.

Tous les jours, ma tante me lisait le journal, exprès, en m'épiant pour se rendre compte de l'effet que ça me faisait, et elle insistait sur certains passages, elle les relisait deux ou trois fois, puis elle jetait un coup d'œil sur la fenêtre toujours voilée de rose pâle des Rambures.

« La police reçoit de toutes parts des indications concernant l'anarchiste Gaston Rambures et il semble que celui-ci ne puisse échapper longtemps au filet qui se resserre retour de lui.

« Certes, parmi les dénonciations, il en est d'erronées et de fantaisistes. Si des gens ont cru, de bonne foi, voir Rambures dans les endroits les plus divers, à Marseille, à Lille, à Bordeaux, voire dans un petit village de Savoie, il en est d'autres qui donnent libre cours à leur imagination, et la tâche de la police n'en est pas facilitée.

« Il y a néanmoins, dès à présent, un certain nombre de points acquis. Tout d'abord si, jadis, Rambures a fréquenté les milieux anarchistes, il est prouvé qu'il ne faisait plus partie d'aucune organisation et qu'il avait rompu avec ses anciens amis.

« Ceux-ci le considèrent comme un impulsif, comme un aigri, et ne cachent pas qu'ils ne l'ont jamais admis de bon cœur dans leurs rangs.

« Nous avons déjà dit qu'à la suite de deux condamnations encourues, Rambures était interdit de séjour. Pendant un certain temps, il a vécu à Dijon où il a travaillé dans plusieurs établissements comme garçon de café. »

J'étais triste à mourir à l'idée que le père d'Albert était garçon de café, mais je ne voulais pas le laisser voir à ma tante.

— Un métier de fainéant ! grognait celle-ci.

Et elle répétait :

« ... *Comme garçon de café*. Puis il a disparu de la région dijonnaise, et ce n'est qu'à la faveur de l'enquête en cours que la police a retrouvé sa trace dans un garni de la rue Lepic.

« On prétend que Rambures, qui a passé à l'infirmerie la plus grande partie de son temps de prison, était miné par la tuberculose. Les renseignements donnés par son logeur donnent à supposer qu'il en était réduit au dernier degré de la misère.

« Des journées entières, il ne quittait pas son lit et on ne savait pas comment il mangeait.

« Quand on le menaçait de le jeter dehors, faute de payer son loyer, il disparaissait pendant un jour ou deux, revenait avec de petites sommes d'argent qu'il remettait en acompte.

« Cette existence a duré plusieurs mois et on suppose que les sommes qui permettaient à Rambures de subsister étaient le produit de larcins... »

Ma tante répétait :

— Le produit de larcins... Tu entends, Jérôme ?... Seulement, on ne l'a pas arrêté, pas plus qu'on n'arrête une crapule comme Triquet... Un jour ou l'autre, il m'aurait tuée et...

Il me fallait parfois plus d'une heure de guet pour surprendre un mouvement dans l'ombre, par l'entrebâillement du rideau rose. Je ne savais même pas si c'était Albert ou sa grand-mère ! Il faisait trop sombre. Quelque chose bougeait, un point c'est tout, quelque chose qui vivait.

« Dans ces conditions, il est impossible que Rambures échappe longtemps aux recherches de la police et de la gendarmerie. Sans argent, sans amis, il ne peut aller loin et, s'il est terré quelque part, comme tout le laisse supposer, la faim le fera sortir de son trou. »

— Tu entends, Jérôme ?

127

Moi, je tremblais quand la féroce, entre deux alinéas, jetait son vilain coup d'œil dans la direction de la fenêtre. J'étais sûr que Rambures était là ! J'en étais sûr, dès le premier jour, d'une certitude qui défiait tous les raisonnements et que l'évidence ne serait pas parvenue à troubler.

Si ma tante le savait, elle le dirait ! Pour gagner les vingt mille francs, elle irait trouver la police et on fouillerait à nouveau les deux pièces, au-dessus de la graineterie !

Voilà pourquoi je ne quittais plus notre fenêtre. Je voulais surveiller le père d'Albert, le protéger, le sauver, et dans mon esprit le seul danger venait de ma tante Valérie.

Je faisais des calculs compliqués. Je me disais que, quand on allumerait la lampe, je pourrais voir par la fente du rideau avant que celui-ci soit remplacé par le rideau noir. Je restais des heures en alerte. Je surveillais jusqu'aux gens de la place qui avaient pris l'habitude de regarder en l'air. Je souhaitais :

« Pourvu qu'ils ne voient rien ! »

Puis, vers le troisième jour, je découvris que, depuis le dimanche, madame Rambures n'était pas sortie. Alors, qu'est-ce qu'ils mangeaient ?

L'article du journal me revenait en mémoire, celui où l'on parlait de la chambre de la rue Lepic où Rambures s'enfermait pendant plusieurs jours, alors qu'on ne savait pas s'il avait à manger.

Est-ce que madame Rambures aurait encore pu faire son marché, avec sa voilette, ses gants gris, son air triste et si digne ? Est-ce que les commères l'auraient servie ? Est-ce que les gamins de la rue n'auraient pas couru après elle en criant ?

Pourquoi, si Rambures n'était pas là, s'il ne devait pas fatalement y être, y avait-il toujours un policier sur la place, et un autre, je l'avais découvert depuis, dans l'impasse qui donnait rue des Minimes et par où on aurait pu s'enfuir en sautant un mur ?

Mais si Albert n'avait pas à manger ? Ma mère me trouvait déjà pâle parce que je ne sortais pas assez ! Est-ce qu'il sortait, lui ? Il ne pouvait même plus s'approcher de la fenêtre ! Il vivait à tâtons dans la demi-obscurité !

Ce devait être le soir du mercredi. Elle était au milieu de la place. Je ne l'avais pas vue venir. Je ne l'avais jamais vue.

C'était un genre de femme que je ne connaissais pas encore. Elle portait des bottines vernies à talons très hauts, un manteau cintré, un chapeau

129

planté sur le devant de la tête et sa bouche était rouge, ses yeux entourés comme de crayon noir.

Il y en avait d'autres avec elle. Les revendeuses s'étaient approchées. Toutes regardaient la fenêtre en demi-lune et la femme criait :

— Sors donc, vieille toupie !... Montre ton vilain bec, chouette de malheur !

Toutes riaient. Du coup, tante Valérie s'était penchée, avait collé sa grosse face à la vitre, puis, avec une précipitation que je ne lui avais pas encore vue, était descendue au magasin. En me penchant, je pus l'apercevoir sur le trottoir, les deux mains sur le ventre.

— C'est le moment de faire la dégoûtée, dis donc, et de traiter les autres de sale femme !

Le rideau ne bougea pas. Comme les lampes étaient allumées, c'était le rideau noir, et on pouvait à peine deviner qu'il y avait un peu de clarté derrière, comme une poussière d'or dans la trame du tissu.

— Descends, maintenant, si tu en as le cœur...

Puis elle expliquait à celles qui l'entouraient des choses que je ne comprenais pas. Tante Valérie traversait la chaussée et se tenait à quelques mètres, une mèche de ses laids cheveux sur la joue.

— C'est honteux..., disait en bas la voix de ma mère. On ne devrait pas lui permettre...

La preuve que ma mère avait raison, c'est que l'agent en civil s'approcha du groupe, parlementa, essuya des injures, alla chercher deux agents en uniforme. La fin fut encore plus vilaine. La femelle ne voulait pas s'en aller. Elle glapissait toujours ses insanités et les gardiens de la paix la prirent chacun par un bras, la traînèrent littéralement tandis que tout le monde riait sur la place et que le rideau ne bougeait toujours pas.

Je me retournai brusquement. Ma tante était là, pesante, fielleuse, ravie.

— C'est sa mère... m'annonçait-elle en cherchant mon regard.

Mais la mienne, comme si elle sentait le danger, accourut entre deux clientes.

— Jérôme... Qu'est-ce que tu fais?...

Elle le savait, puisqu'elle me voyait. Mais elle ne savait comment m'éloigner de ma tante.

— Va vite me chercher quatre tranches de jambon... Du jambon à l'os... Dis bien qu'on ne le coupe pas aussi épais que la dernière fois...

Eh bien! c'est à cause du jambon à l'os que je l'ai appris, pendant que la femme criait sur la

131

place. Albert était tout seul. J'ai couru, avec la pièce d'un franc qu'on m'avait remise, serrée dans le creux de ma main. Je ne regardais personne. Je n'entendais rien. Je suis entré dans la charcuterie et, haletant, j'ai fait ma commission.

Puis, avec mon petit paquet, je suis sorti, les genoux encore tremblants. Je ne sais pourquoi j'ai regardé dans la boutique de la vieille Tati.

C'était la plus sale boutique du quartier. Le rez-de-chaussée était si sombre qu'il avait l'air d'une cave et, d'ailleurs, on devait descendre deux marches. Tout était peint dans un vilain brun. Pour éclairage, une lampe à pétrole avec son réservoir en verre bleu pâle.

Personne de comme il faut n'allait se servir chez Tati, qui vendait de tout, mais seulement des marchandises défraîchies ; à l'étalage, il n'y avait qu'un chou-fleur, quelques poireaux, deux choux, rien du jour, des œufs dans un panier en fil de fer, des bocaux avec de vieux bonbons, et la boutique sentait l'huile et le pétrole.

Mais, au bout du comptoir, sur un morceau de zinc, se trouvaient des bouteilles surmontées d'un bec en étain et c'était pour ces bouteilles que certaines femmes entraient car, sous prétexte de faire leur marché, elles avalaient des petits verres de calvados ou de fil en quatre.

132

Or, debout entre les deux comptoirs visqueux, il y avait ce soir-là madame Rambures, toute droite, toujours aussi digne, mais comme effacée, peut-être par le manque de lumière ? La vieille Tati, presque chauve, lui pesait des flageolets. Je revois le vert spécial des flageolets et le sac brun clair sur le plateau de cuivre de la balance.

Je revois surtout le regard que madame Rambures lançait dehors, vers le trottoir, vers moi, un regard craintif, la peur de voir surgir des ennemis.

Je décidai de lui parler. Je ne réfléchis pas. Ce fut instinctif. Il fallait absolument que je lui parle, que je lui dise...

Le petit paquet qui contenait le jambon était tout froid dans ma main, avec son papier lisse. J'avais encore la bouche pâteuse de la tranche de boudin que la charcutière m'avait donnée comme d'habitude.

Elle a acheté le chou-fleur et un morceau du vieux saucisson qui pendait au-dessus des bonbons de l'étalage. Puis elle a fouillé dans son porte-monnaie avec cet air navré de se séparer de tant de petites pièces qu'ont les pauvres gens dans les magasins.

Le timbre de la porte m'a fait tressaillir. La rue me semblait déserte. A côté, c'était un tonnelier qui n'avait pas de vitrine mais un grand porche et, de l'autre côté, un maréchal ferrant.

— Ma...

Je n'osai ni avancer, ni reculer. Les mots ne parvenaient pas jusqu'à mes lèvres. J'étais malheureux. Je voulais absolument dire quelque chose, lui dire que...

— Madame...

Qu'est-ce qu'elle pensa en voyant le gamin que j'étais, son paquet blanc à la main, debout devant elle sur ses petites jambes aux genoux découverts ?

Je n'en sais rien. Elle me regarda, puis elle regarda vivement autour d'elle, comme si elle flairait un piège, et soudain elle marcha très vite en direction de chez elle, en tenant son sac à provisions à deux mains.

Je savais quand même qu'Albert allait manger des flageolets et du chou-fleur... Je n'osais pas la suivre. A vrai dire, je ne savais plus très bien où j'étais et ce fut comme un réveil, quelques instants plus tard, quand le tonnelier me cria :

— Attention, les gosses !

En fait de gosses, j'étais tout seul. Il roulait une barrique vide qui rebondissait sous le porche en pente, et une charrette à bras attendait le long du trottoir.

134

— Tu es resté longtemps ! remarqua ma mère, quand je rentrai.

Et elle poursuivit, sans marquer un temps d'arrêt, tournée vers sa cliente :

— C'est plus avantageux en grande largeur, parce qu'il ne vous faut qu'une hauteur et une longueur de manches...

Puis, à nouveau tournée vers moi, vers le rideau qui voilait la porte vitrée de la cuisine :

— Pose-le sur la table, Jérôme... Monte près de ta tante...

VI

J'ai été gratifié, ce matin-là, d'un réveil aérien, un de ces réveils qui vous imprègnent de joie pour toute la journée. Encore fort avant dans le sommeil, à peine conscient du tambourinage d'une pluie fine sur les toits de zinc, un frôlement plutôt, comme la vie d'un nid de souris qu'on perçoit dans l'épaisseur d'un mur, je retrouvais confusément la promesse d'un jour exceptionnel. Mais cette promesse, je ne mettais aucune hâte à la préciser. Je me couvrais frileusement, au contraire, de toutes les bribes de sommeil que je pouvais ramener à moi.

La chambre n'était jamais chauffée. Il n'y avait pas de poêle et la cheminée était bouchée par un écran en papier peint. Les matins d'hiver, j'avais le nez glacé, humide, comme la truffe d'un jeune chien, et je le frottais avant d'ouvrir les yeux.

Soudain, dans l'écartement de mes cils, je vis la

glace, dans son cadre noir et doré, au-dessus de la cheminée, et dans cette glace l'image silencieuse, un peu floue, de ma mère, car le jour se levait à peine. Les deux bras dressés au-dessus de sa tête, elle achevait de tordre ses cheveux blonds en chignon et, entre ses lèvres, elle tenait toutes prêtes les épingles pour le fixer.

Une bouffée me vint, d'une époque déjà lointaine dont je n'avais qu'une vague conscience et où, chaque fois que j'ouvrais les yeux, je trouvais le visage de ma mère devant moi, une époque où nous vivions ensemble, toujours, comme si le reste du monde n'existait pas.

— Jérôme !... appela-t-elle en me découvrant à son tour, les yeux ouverts dans le miroir. Eh bien ! gros paresseux...

Cela me revint tout à coup : ma tante n'était pas là ! C'était cela, la joie promise que je savourais déjà la veille en m'endormant. Elle avait dû se lever de bonne heure et mon père, aidé d'Urbain, l'avait hissée dans la voiture pour la conduire à Caen où elle voulait voir son avoué.

— Quelle heure est-il ?

— Huit heures...

C'était anormal. Ma mère aurait dû être prête et se trouver dans le magasin.

— J'ai demandé à tante Pholien de venir...

Nous en profiterons pour faire les courses...
Habille-toi vite...

Je suis sûr que ma mère était joyeuse, elle aussi.
Nous pouvions parler sans baisser la voix, aller et
venir sans voir surgir l'énorme silhouette de tante
Valérie, qui ne savait où se mettre et qui traînait
ses grosses jambes comme des boulets de galérien.

— Comment est-ce que je m'habille ?

— Il pleut. Tu peux mettre ton bon costume,
mais il faudra prendre ton caban...

Je l'ai mis, un gros caban de laine bleu marine
avec un capuchon qui me tombait sur les yeux et
une ouverture pour passer la main que je donnais
à ma mère.

J'ai pleinement savouré les détails de cette
journée-là. Je les ai encore présents à la mémoire,
y compris les « quatre litres de vinaigre blanc »...

C'était chez Evrard, l'épicier en détail et demi-
gros, où nous faisions les provisions du mois. Ma
mère avait un bout de papier où était écrit tout ce
qui nous manquait. La vendeuse, mademoiselle
Jeanne, inscrivait à mesure dans un long registre.

— Deux kilos de café... Quatre litres de vinaigre blanc..., a dit ma mère, tout naturellement.

Et j'entends la vieille demoiselle, qui avait des
lèvres pointues, prononcer en détachant les syllabes et en dégustant les « r » :

139

— Qua-tre-li-tres-de-vi-nai-gre-blanc...
Ensuite, madame Lecœur?

Si j'en parle, c'est pour montrer que rien ne m'échappait. Cependant, de toute la journée, je n'ai pas cessé de penser à Albert. J'ignore s'il en est ainsi pour tout le monde. Pour ma part, j'ai gardé cette faculté d'aller et de venir, de faire ceci et cela, de parler, de regarder, sans cesser d'être préoccupé par un objet déterminé. Peut-être qu'au moment même je ne me suis pas aperçu des *quatre litres de vinaigre blanc,* et n'ai-je pas eu conscience que j'adressais un clin d'œil à ma mère. Par contre, des années plus tard, je retrouve le souvenir intact, la voix de mademoiselle Jeanne et son drôle de museau...

Je pourrais reconstituer toutes nos allées et venues dans la ville que couvrait toujours une pluie fine et froide, parler des bonbons que les marchandes prenaient dans un bocal pour me les donner, des traces de mouillé qu'il y avait partout sur le carrelage.

J'avais, ce jour-là, pour ma mère, une tendresse toute spéciale, et il m'arrivait d'observer à la dérobée son visage qui restait si jeune, presque enfantin.

Qui avait parlé de cela? Je n'en sais rien. C'était quelques jours plus tôt. Et ce n'était pas en présence de ma mère. Peut-être mademoiselle Pholien?

Je garantis l'exactitude des mots, car je me les suis souvent répétés depuis. Tante Valérie a dû demander, en parlant de ma sœur morte :

— Qu'est-ce qu'elle a eu?

Et une autre personne, mademoiselle Pholien, ou mon père, a répondu :

— Après Jérôme, *elle* n'était pas assez forte... Pensez qu'il pesait près de cinq kilos en naissant... *Elle* en reste blessée pour le restant de ses jours...

Je n'ai pas compris, mais les mots étaient là : ma mère était blessée pour le restant de ses jours, et blessée à cause de moi...

— Dis, mère, elle va encore rester longtemps chez nous, tante Valérie?

— Je ne sais pas...

— Elle va rester toujours?

— J'espère que non...

— Alors, pourquoi ne lui dis-tu pas de s'en aller?

Nous marchions. Elle me tenait la main. Elle la secoua un peu en faisant :

— Chut!...

Un peu plus loin — ma mère tenait son parapluie penché devant nous :

— Elle l'a fait exprès de marcher sur mes

141

animaux... Dis, mère !... Quand elle descendra de la voiture, tout à l'heure... Je voudrais qu'elle glisse sur le marchepied... Elle s'écraserait par terre comme une nèfle trop mûre et on ne retrouverait que de la bouillie...

— Veux-tu te taire, Jérôme !

J'étais surexcité. C'était un de mes grands bonheurs d'aller, une fois par mois, faire les courses avec ma mère et de m'arrêter dans les magasins. Presque partout on me donnait quelque chose et mes poches se remplissaient de bonbons et de chocolats.

Ma mère a sursauté quand soudain, au moment où elle s'y attendait le moins, j'ai déclaré gravement :

— Le père d'Albert est caché chez madame Rambures.

Elle a tourné vivement le visage vers moi, et j'ai senti une secousse à mon poignet.

— Qui t'a dit cela ?

— Personne.

— Alors, comment le sais-tu ?... Tu l'as vu ?...

Le mensonge monta tout doucement jusqu'à mes lèvres. J'avais une folle envie de répondre : « Oui ! »

Parce que j'étais sûr qu'il y était. Je ne l'avais pas vu, pas vu de mes yeux, et ce n'était pas faute d'avoir fixé pendant des heures la fente sombre entre le rideau rose et le montant de la fenêtre.

Justement... J'avais trop regardé... J'avais vu des gens bouger à l'intérieur... Je ne pouvais pas jurer que j'avais aperçu un homme, mais je savais, j'avais la certitude qu'il était là, dès le premier jour.

Au lieu de répondre oui à ma mère, au lieu de répondre franchement non, je répétai :

— Il y est !...

— Tais-toi, Jérôme... Il ne faut pas parler en l'air de ces choses-là...

Je suivais mon idée.

— N'aie pas peur... Je ne le dirai pas à tante Valérie...

Elle était alarmée. Son pas devenait irrégulier. Elle aurait voulu s'arrêter pour me regarder en face, pour essayer de deviner ce que j'avais dans la tête.

— Qu'est-ce que tante Valérie vient faire ici-dedans ?

— Elle irait le dénoncer à la police !

— Tu es fou, Jérôme...

Je n'étais pas fou, mais j'avais les nerfs à fleur de peau comme cela arrivait quand on jouait trop longtemps avec moi et que je ne connaissais plus

143

de mesure, de sorte que cela finissait presque toujours mal.

— Elle serait trop contente de gagner les vingt mille francs... Je la déteste...

— On ne doit pas détester sa famille...

— Ce n'est pas ma famille... C'est celle de père...

Est-ce que mère allait être obligée de me gronder, de me secouer ? Heureusement qu'on entrait dans un magasin pour m'acheter des nouveaux gants.

— Mon Dieu ! déjà onze heures... Et la pauvre mademoiselle Pholien qui garde toujours le magasin...

En atteignant la place, je surpris le regard que ma mère lança à la maison du grainetier, à la fenêtre en demi-lune des Rambures. J'insistai .

— Il est là !

— Tais-toi... Monte vite changer de costume... Ton père ne serait pas content s'il te voyait avec tes bons vêtements...

Est-ce que j'ai réellement voulu profiter jusqu'au bout de notre intimité retrouvée ? Je n'ai pas cessé, jusqu'au soir, de me frotter à ma mère. D'habitude, elle ne me laissait pas rôder dans le magasin et plusieurs fois je la vis sur le point de m'envoyer en haut. Peut-être était-elle heureuse,

144

elle aussi, de ma présence ? Peut-être sentait-elle que, ce jour-là, je l'aimais très fort ?

Je pensais toujours à Albert. Je n'avais pas besoin de quitter ma place pour apercevoir de loin, sur l'affiche, la photographie de l'homme qui se cachait.

Est-ce qu'Albert était malade ? Est-ce qu'il avait la fièvre ? Ou bien restait-il assis toute la journée dans son petit fauteuil, sans voir ce qui se passait dehors ?

— Dis, mère, pourquoi est-ce qu'elle veut nous donner sa maison ?

— Pour rester avec nous... Elle a peur de vivre toute seule...

J'avais mangé tous les bonbons, tous les chocolats récoltés le matin. J'étais gavé, le sang aux joues. Et j'imaginais notre grande voiture sur la route, entre les arbres, avec ma tante à côté de mon père. Pourquoi cette image me paraissait-elle indécente ?

Est-ce que madame Rambures irait encore faire ses commissions dans la sale boutique de la mère Tati ? Il y avait toujours un inspecteur en civil devant sa maison, mais ce n'était plus le même. Dans le début de l'après-midi, j'aperçus le propriétaire, M. Renoré, qui venait faire son tour sur la place. Il s'approcha du policier et celui-ci retira son chapeau pour le saluer.

J'étais comme dans l'attente, angoissé et heureux. Je jouais sans conviction et ma mère dut le sentir, car elle vint me dire :

— Tu ne devrais plus penser à ça, Jérôme... C'est ta tante, avec ses journaux, qui t'a mis ces idées en tête... Si le fils Rambures était caché dans la maison, la police l'aurait trouvé... Il paraît qu'elle a encore perquisitionné ce matin et que la pauvre madame Rambures a été questionnée pendant près de deux heures au Palais de Justice...

Je ne répondis pas. J'étais gonflé de pensées et d'impressions. Je voyais le Palais de Justice avec toutes ses marches coupées en deux par une rampe de fer...

— On l'a mise en prison ?

— Mais non ! Tu vois comme tu es... Ne pense plus à cela, va !... Joue avec tes meubles... Attends ! Je vais te donner de la lumière... Tu veux que j'allume la table chauffante ?

— Non ! C'est pour tante Valérie...

Il y avait, malgré moi, un reproche dans ma voix. Avant l'arrivée de tante Valérie, est-ce que je ne me contentais pas de la chaleur qui venait par le tuyau de poêle ?

— Tu dois comprendre, Jérôme, que ce n'est pas dans deux petites pièces comme celles-ci qu'un homme pourrait se cacher... Sois sage... Il faut que je descende...

Ce n'est pas ce soir-là que j'ai trouvé ; c'est ce soir-là que l'idée a commencé à faire son chemin en moi :

— ... *deux petites pièces comme celles-ci... un homme... se cacher...*

J'ai entendu les chevaux. En l'honneur de tante Valérie, mon père arrêtait d'abord sa voiture sur la place avant de la conduire derrière la maison, dans la cour des Métiers. Je me suis précipité dans l'escalier. Nous nous sommes trouvés ensemble sur le seuil mouillé, ma mère et moi, et je ne sais pas pourquoi j'ai mis ma main dans la sienne.

Il faisait noir. Les lanternes étaient allumées. Urbain, qui avait cédé sa place à ma tante, était à l'intérieur avec les marchandises.

Mon père est descendu le premier.

— Doucement..., a-t-il recommandé. Donnez-moi vos deux mains...

Le siège était très haut. Il y avait trois marche-pieds superposés et nous vîmes, ma mère et moi, la masse noire de ma tante qui se penchait.

Alors ma mère m'a regardé. J'ai surpris un sourire qui flottait sur ses lèvres, j'ai senti un tressaillement de sa main. Elle se souvenait de ce que j'avais dit le matin, elle imaginait tante Valérie qui glissait, qui s'écrasait sur le trottoir, qui n'était plus qu'une grosse chose molle et inerte...

Cela n'arriva pas, mais j'étais content néanmoins parce qu'il y avait entre ma mère et moi une sorte de complicité.

— Vous avez fait un bon voyage ?

— Affreux !... Avec cette satanée bâche qui, tout le long du chemin, me laissait couler un filet d'eau dans le cou...

C'était bien fait !

— Quant à l'avoué... S'il ne marche pas droit, celui-là... Demande à ton mari ce que je lui ai servi... Ou bien les Triquet me rendront la maison, ou bien... J'y sacrifierai jusqu'à mon dernier centime, quitte à crever à l'hospice.. J'irai en personne y mettre le feu s'il le faut...

Elle se poussa dans l'escalier trop étroit pour elle. Je la revois se déshabillant, s'approchant de la fenêtre, se penchant.

— On ne les a pas encore arrêtés, ceux-là ?

Elle regardait du côté des Rambures.

— C'est avec ces gens-là qu'on fait les révolutions... A Caen, nous avons encore rencontré un cortège et il a fallu le laisser passer... C'est à croire que la police est avec eux...

Alors, moi, j'ai eu le tort de la regarder en souriant. J'en suis sûr, mes yeux devaient pétiller. J'étais bourré de secrets. D'abord l'histoire du marchepied et le coup d'œil de ma mère. Puis le fils Rambures...

Si elle savait, elle courrait à la police pour gagner la prime de vingt mille francs ! Mais elle ne le saurait jamais ! Je ne lui dirais rien ! Il fallait que je prenne garde de ne rien lui laisser deviner, de ne pas trop me tourner du côté de la fenêtre en sa présence.

— Qu'est-ce que tu as, toi, aujourd'hui ?

— Je n'ai rien, tante !

— On dirait que tu as fait une méchante blague...

Et, sucré, je répondais :

— Oh ! non, tante...

Elle se déshabillait devant moi, elle se déballait, elle allait et venait, en jupon de dessous, soufflant, grognant.

— Ta mère aurait pu monter un instant pour me donner un coup de main... Mais elle n'a jamais une minute à elle, ta mère ! Le commerce !... Toujours le commerce !...

149

C'était sa manie de me traiter comme quelqu'un de son âge et c'est sur moi qu'elle déversait ses rancœurs.

— Comme si ce n'était pas assez que ton père coure les foires!... Qu'est-ce qu'elle gagne, ta mère, à être toute la journée dans le magasin?... Et cela fait des frais généraux, de l'éclairage, la patente, les impôts... Je l'ai dit à ton père tout à l'heure... Vous seriez bien mieux dans une petite maison sans boutique... Ta mère pourrait s'occuper de son ménage... Ton père continuerait son métier, avec ce vieil ivrogne qui a ronflé tout le long du chemin...

J'étais indigné que ma tante se mêlât ainsi de nos affaires. Elle se considérait déjà comme chez elle. Le magasin l'agaçait, et surtout le fait que ma mère n'était pas toute la journée à sa disposition.

— Il faudra bien qu'on s'arrange autrement...

Elle y pensait pour de bon, car elle en reparla à table, après avoir épié ma mère et constaté :

— Tu es encore toute pâle ! Et ton fils n'a pas plus de couleurs qu'un navet... Si ce n'était pas ton sale magasin...

Ma mère regarda mon père. Mon père détourna la tête.

— Je suis sûre que vous auriez plus de bénéfice à...

Le lendemain, j'étais à nouveau assis par terre, près de la table chauffante, et ma tante qui venait de lire le journal éclatait :

— C'est quand même insensé qu'on ne puisse pas mettre la main sur un homme dont le portrait est affiché partout et qui n'a pas un sou en poche...

Moi, je me disais avec une certaine délectation :

« Attention, Jérôme ! Ne lui laisse pas voir que tu sais... »

— Il s'est peut-être noyé, fis-je à voix haute.

Elle haussa les épaules, me regarda avec mépris. Puis une pensée fit frémir son visage, comme une risée fronce l'eau du canal. La pensée devint soupçon. Elle me fixa, se tourna ensuite vers la fenêtre des Rambures.

— Hier, la police a encore fouillé la maison ! m'empressai-je d'affirmer.

A certains égards, ma tante Valérie avait mon âge. Quand nous nous disputions, par exemple. Elle ne se disputait pas avec moi comme une grande personne avec un enfant, mais comme un enfant avec un autre enfant. Et encore quand, à table, elle observait mon assiette pour s'assurer que ma mère ne m'avait pas servi un meilleur morceau qu'à elle !

De même maintenant... On aurait dit que c'était un jeu qui commençait entre elle et moi...

— Tiens ! tiens ! grommela-t-elle.

Puis, de longues minutes après :

— Comment est-ce qu'il s'appelle, le gamin ?

— Albert !

— Tu joues parfois avec lui ?

— Non !

— Pourquoi m'as-tu dit que c'est ton ami ?

— Parce que c'est mon ami !

Elle faisait sa tête à m'écraser mes animaux et mes petits meubles.

— Je me demande pourquoi tu ne vas pas à l'école comme tout le monde !

— Parce que la scarlatine règne...

— La scarlatine !... La scarlatine !... bafouilla-t-elle.

C'est alors que le jeu commença vraiment. J'étais décidé à apercevoir le père d'Albert, mais j'étais décidé aussi à empêcher ma tante de le voir.

Elle se disait, elle, que je lui cachais la vérité et elle s'efforçait de me prendre en défaut.

— Qu'est-ce que tu regardes ? me demandait-elle à brûle-pourpoint.

— Rien... Je regarde dans la rue...

— Il ne se passe rien, dans la rue...

— Je regarde quand même...

Elle quittait son fauteuil, traînait ses pantoufles par terre et venait jeter un coup d'œil dans la direction des Rambures.

— Depuis quand accrochent-ils ce chiffon rose à leur fenêtre ?

— Depuis que les gens qui passent regardent chez eux...

Je ne compris pas le sens de la phrase qu'elle prononça ensuite :

— Qui sait ?... Les femmes sont assez bêtes !...

Est-ce que je ne ferais pas bien de guetter madame Rambures dans la rue, quand elle profiterait de l'obscurité complète pour aller faire ses achats chez la Tati ? Je m'approcherais très vite et je lui conseillerais de prendre garde, parce que ma tante Valérie...

— Elle la connaît, ta mère ?

— Qui ?

— Madame Rambures... Je suppose que c'est une cliente ?

— Peut-être !

Mon peut-être était volontairement mystérieux. Je me rends compte maintenant que j'ai tout fait pour attiser la curiosité de ma tante, pour entretenir ses soupçons. Si elle n'y pensait plus pendant une heure, c'était moi qui ne tenais pas en place et je le faisais exprès de me pencher, de prendre un air intéressé en collant mon nez sur la vitre froide.

— C'est toujours la place que tu regardes? ricanait-elle.

— Je regarde le pharmacien qui met ses volets...

Trois ou quatre fois, dans la pénombre, j'ai aperçu, deviné plutôt, le fameux col blanc, bordé de dentelle, de mon ami Albert. Je voyais aussi des mains. Mais j'aurais tout donné pour reconnaître un visage, son visage, celui de l'homme.

— C'est toujours là où on est persuadé qu'ils n'iront pas que les assassins se cachent...

Le jeu a duré non pas des heures, mais des jours. J'en avais la tête lourde et brûlante. La pluie qui tombait de plus belle, plus noire que jamais, m'empêchait de sortir. Nous finissions, ma tante et moi, par former dans la maison comme un îlot distinct du reste. Nous avions notre langage, nos préoccupations, nos mystères. Nous nous détestions, nous nous épiions et nous le cachions à peine :

J'avais poussé l'audace jusqu'à déclarer :

— Ma mère n'abandonnera pas son commerce !

— C'est elle qui te l'a dit ?

— Non ! Mais je ne veux pas...

Je savais ce que cela signifiait. Je sentais confusément que l'idée de ma tante était une menace sur notre vie, sur notre famille, une menace qui pesait surtout sur ma mère. Quand ma tante en parlait, et et elle en parlait chaque jour, c'était devenu son dada, ma mère éludait la question, avec un sourire contraint.

— Plus tard, oui...

— C'est cela ! Quand tu seras au cimetière...

J'étais furieux. J'en voulais à mon père de ne pas intervenir. Des grévistes, quelque part du côté de Saint-Etienne, avaient mis des magasins à sac et ma tante distillait fielleusement :

— Vous attendez qu'on vienne tout vous voler ?

Après quoi, près de notre fenêtre en demi-lune, près de notre réchaud à flamme rouge, nous reprenions le jeu, ma tante et moi. Elle me lisait le journal, en guettant mes expressions de physionomie.

« Il est certain que l'échec de toutes les recherches cause un vif mécontentement et une certaine inquiétude parmi la population saine du pays.

« Qu'un homme dont on possède le signalement ait pu, pendant autant de jours, échapper au filet tendu par... »

155

Ma tante s'est interrompue. Elle a regardé autour de nous, m'a demandé sans me voir :

— En somme, c'est la même maison qu'ici ?

Je pouvais suivre le cours de sa pensée.

— La police...

Ma mère montait.

— Il y a un colis de shirting qui vient d'arriver à la gare... J'en ai promis pour ce soir à une bonne cliente...

— Tu veux que je garde le magasin ?

— Mais non, tante...

Que non ! Que non ! Pour faire fuir la clientèle ?

— ... Je vais appeler mademoiselle Pholien... Elle a l'habitude... Je n'en ai que pour un quart d'heure...

— Puisque tu tiens à conserver ton commerce..., soupira ma tante.

Pourquoi ai-je suivi ma mère des yeux ? Sans raisons, parce que je n'avais rien à faire. Elle a frappé contre le mur, ou plutôt...

Je suis resté immobile, les traits tendus, la respiration coupée. Ma tante s'en est aperçu.

— Qu'est-ce que tu as ?

— Rien...

— Mademoiselle Pholien !... Mademoiselle Pholien !...

La machine à coudre s'arrêta dans la maison voisine.

— Vous ne voudriez pas venir garder le magasin un instant ?... Je ne vous dérange pas trop ?...

Déjà ma mère mettait son chapeau, passait son manteau sur son tablier.

— Il est sage, tante ?

C'était pour faire plaisir à ma tante, mais cela ne me faisait pas plaisir à moi. Il est vrai que je lui pardonnais tout, à ma mère, depuis que je savais qu'elle était blessée...

J'étais engourdi de chaleur, de quiétude, et la découverte que je venais de faire rendait mes joues cramoisies ainsi que mes oreilles. Je n'osais plus poser les yeux nulle part. Je remuais machinalement une petite table qui faisait partie de mon ménage et dont un pied était recollé.

Le geste de ma mère avait fait surgir un souvenir... Car ma mère n'avait pas frappé contre le mur, mais contre une porte recouverte du même papier peint que le reste du mur. La fente, avec le temps, s'était marquée dans le papier et il y avait longtemps que celui-ci était troué à hauteur de la serrure.

Car toutes ces maisons, jadis, n'en formaient qu'une. On communiquait d'une pièce à l'autre.

157

Puis, quand on avait loué boutique par boutique, les issues avaient été condamnées.

Mon souvenir était déjà ancien. Je devais avoir trois ans, peut-être un peu plus. A cette époque-là, le pupitre qui se trouvait maintenant au pied de l'escalier, dans le magasin, était dans la pièce. C'est ici que mon père venait faire ses comptes en rentrant.

Il avait deux bourses en cuir, fort usées, une grande et une petite. Dans la grande, il serrait les pièces d'argent et dans la petite les pièces d'or.

Je le revois, comptant les pièces, les divisant en petits tas réguliers qu'il allait ensuite enfermer dans un tiroir de sa chambre.

Ce jour-là, ma mère l'a appelé. Je m'en souviens d'autant mieux qu'on m'a souvent rappelé l'incident, quand je n'étais pas sage, en me disant :

— Tu vois que tu as toujours été insupportable !

Ce que j'ai fait ? J'ai joué à la tirelire ! J'ai pris les petites pièces dorées et, juché sur la pointe des pieds, je les ai poussées une à une dans la serrure.

Quand mon père m'a questionné, un peu plus tard, je me suis contenté de répondre :

— Elles sont là, dans la tirelire...

Ma mère a pleuré... J'entends encore :

— Il faut aller trouver le propriétaire...

— Un homme comme M. Renoré !... C'est assez pour qu'il nous donne notre congé...

C'était déjà mademoiselle Pholien qui habitait la chambre voisine. Ce que j'ignorais, c'est qu'après notre porte condamnée, il y en avait une autre, condamnée aussi ; il y avait une porte de chaque côté du mur, laissant un espace vide sur toute l'épaisseur de celui-ci.

Mon père a fait venir le serrurier. J'ai vu le vide, large et profond comme une armoire. On a retrouvé les pièces...

— Pourquoi souris-tu ?

— Pour rien, tante...

Elle se retourna, tant mon regard se fixait avec insistance sur cette porte condamnée qui venait de me valoir une révélation.

— Je finirai par croire que tu es sournois et j'aime mieux t'avertir que je n'aime pas les gens sournois...

Cela m'était égal. Ma mère avait affirmé qu'il n'y avait pas moyen de cacher un homme dans deux pièces comme les nôtres. Or, je savais maintenant que ce n'était pas vrai.

Qui aurait pensé à chercher entre les deux portes et à demander la clef de M. Renoré ?

Mes doigts étaient tellement serrés qu'ils devenaient blêmes, comme quand on a l'onglée.

Je savais! Je savais! J'étais seul à savoir! Je
savais où était le père d'Albert! Je savais qu'on ne
le trouverait jamais!

— Où vas-tu?

— Nulle part...

J'allais me poster sur le chemin de madame
Rambures. Il me semblait que je devais la rassu-
rer, lui souffler en passant très vite:

— Je sais!... Mais n'ayez pas peur...

Je l'aurais fait. Les syllabes n'auraient peut-être
pas été distinctes, mais je l'aurais fait, en courant,
car j'étais remonté à bloc. J'en tremblais des pieds
à la tête. Je n'avais pas mis mon béret. Mes
cheveux se mouillaient.

— C'est l'heure où elle doit aller aux provisions...

Une voix, derrière moi:

— Viens un peu ici, *m' fi...*

La grosse marchande de poisson! Elle me
poussait dans la main une poignée de bigorneaux
mouillés, glacés.

— Tu pourras dire à ta mère que mes poissons
sont aussi frais que ceux qu'elle achète... Mais elle
est trop fière, pas vrai?

J'ignore pourquoi ma mère était fière. Je regardais la fenêtre. Des bigorneaux tombaient par terre. De la fenêtre de chez nous, tante Valérie m'observait et sa grosse figure avait l'air d'une méduse.

Je restais là, au milieu de la place, sans reculer ni avancer, brisé dans mon élan, quand j'entendis des pas lourds et rythmés.

Dix agents, en rang, débouchèrent de la rue Saint-Yon et le commissaire de police, en civil, marchait sur l'autre trottoir. Ils s'arrêtèrent au milieu de la place, à moins de cinq mètres de moi.

— Halte !

Une auto était rangée le long du trottoir et le commissaire alla en ouvrir la portière. L'homme au monocle, que j'avais vu un matin, en sortit.

— Tout est prêt ?

— Tout est prêt, monsieur le Substitut... Il y a dix autres hommes derrière le pâté de maisons...

Ma mère revenait, toute penchée, à cause d'un gros paquet qu'elle portait sous le bras. Je courus à elle. Je m'accrochai au paquet.

— Ils vont le prendre...

— Qui ?

— Le père d'Albert !

Elle aperçut les uniformes en nombre et balbutia :

— Rentrons vite à la maison...

161

Elle ne pensa même pas à me demander ce que je faisais dehors. Elle posa son paquet tout mouillé sur le comptoir.

— Merci, mademoiselle Pholien... La cliente n'est pas encore venue ?... Va là-haut, Jérôme... Je monte tout de suite...

Je l'entendis parler bas à mademoiselle Pholien et, dans la pièce, je fus accueilli par un large sourire satisfait de ma tante.

— J'espère que cette fois-ci on va l'avoir !

Qu'est-ce qui me prit ? Je menaçai brusquement :

— Si tu le dis...

Et, comme il était trop tard pour reculer, je m'enfonçai, les tempes bourdonnantes :

— Si tu le dis, je te tue !

VII

Hier, j'ai tenté de questionner ma mère. C'est à peine si elle a changé et si on distingue ses cheveux blancs de ses cheveux blonds. Elle habite Caen, et le hasard a voulu que l'immeuble dont elle occupe un appartement soit géré par un certain M. Jambe qui était clerc de l'avoué que ma tante allait voir dans cette ville.

— Mon Dieu, Jérôme !... Tu te souviens de ces choses-là ?

Ma mère, elle, a dû faire un effort.

— Tu parles de l'histoire qui s'est passée quand la tante Valérie était chez nous ?... Un anarchiste qui avait un petit garçon, n'est-ce pas ?... Le petit garçon est mort dans un sanatorium...

— Pas dans un sanatorium, rectifiai-je doucement. Sa grand-mère et lui étaient allés habiter sur la hauteur, près de Nice...

— Quand je pense à ce que cette tante Valérie a pu me faire souffrir avec ses poireaux!

Cela a été mon tour de m'étonner. Je n'avais aucun souvenir des poireaux.

— Tu ne te rappelles pas?... Elle ne pouvait pas souffrir les poireaux, pas même leur odeur... Elle prétendait toujours que j'en mettais dans les soupes et dans les ragoûts... Elle profitait de ce que j'étais au magasin pour soulever le couvercle des casseroles...

— Tu n'en mettais vraiment pas?

— Un petit peu, mais je les retirais quand ils étaient cuits... Juste pour relever le goût... Un soir, elle en a trouvé un petit morceau sur son assiette... Tu étais couché... C'était quand tu avais les oreillons... J'étais fatiguée... Elle a commencé par me traiter de menteuse, parce que je lui avais dit qu'il n'y avait pas de poireaux, puis, de fil en aiguille, je ne sais pas tout ce qu'elle a déballé... Ton pauvre père, qui ne disait jamais rien, est devenu tout pâle... Les pointes de ses moustaches frémissaient... Il s'est levé... Je me demande comment il a pu parler...

« — Vous allez me faire le plaisir de vous taire... Ma femme est chez elle, vous entendez?... Et, dès demain, vous, vous n'y serez plus...

« Je crois que ta tante l'a traité d'assassin... Le

lendemain, elle ne voulait pas partir... Elle se raccrochait à nous par tous les moyens... Il a presque fallu la pousser de force pour la conduire au vicinal... »

— Mais l'arrestation ?...

— Ah ! oui... C'était un peu avant cela... Est-ce qu'il n'y avait pas une question de prime ?... Attends !... Il me revient quelque chose... Oui... C'est un pharmacien de Lisieux qui a permis de le découvrir... L'homme... comment s'appelait-il encore ?

— Rambures... Gaston Rambures...

— C'est cela... Au moment de lancer sa bombe, il avait eu la main grièvement blessée... Tous ceux qui l'avaient vu quelque part signalaient que sa main gauche était bandée... Pour le soigner, sa mère, qui savait que tout le monde avait les yeux sur elle, a pris le train pour Lisieux et elle est entrée chez un pharmacien près de la gare... Regarde, quand le hasard s'en mêle !... Devine qui il y avait chez le pharmacien ?... Urbain !

— Notre Urbain à nous ?

— C'était jour de marché à Lisieux et Urbain y était avec ton père... Je ne sais plus ce qu'il faisait chez le pharmacien quand il a reconnu madame

Rambures... Madame Rambures, elle, ne connaissait pas Urbain...

« — Vous savez qui c'est ? a-t-il dit au pharmacien, sans penser plus loin.

« Mais le pharmacien, lui, a pensé plus loin et est allé trouver la police. Il avait vendu de l'eau oxygénée et tout ce qu'il faut pour des pansements. La police a perquisitionné chez Rambures et s'est assurée que ni madame Rambures ni son petit-fils n'étaient blessés...

« Si je me souviens bien, on n'a pas voulu lui donner la prime entière et une moitié a été partagée par la police... »

J'essayai de faire parler ma mère de l'arrestation proprement dite. Il faut croire que le mécanisme de sa mémoire est différent du mien. Elle se souvenait de faits qu'on lui avait racontés, comme l'anecdote du pharmacien, mais elle ne savait plus quel temps il faisait ce soir-là.

Je la vois me dire dans un effort pour concentrer sa pensée :

— Il pleuvait, n'est-ce pas ?

— Que non ! triomphai-je. Il avait plu toute la journée mais, le soir, le vent s'était levé... Tu ne te rappelles pas le toit du marché couvert, avec ses ardoises argentées par la lune et tous les hommes qui s'y tenaient en équilibre comme un soir de feu d'artifice ?... Tu ne te souviens pas des gendarmes qui pissaient contre notre maison ?...

Elle secoua la tête.

— Non... Cela ne m'a pas frappée...

Si je faisais appel à ma mère, ce n'était que pour remplir des vides, car il y a des moments dont je me souviens aussi bien que si c'était d'hier.

Mes parents n'étaient pas curieux, puisque nous nous étions mis à table sans essayer de savoir ce que les agents de police allaient faire. Les volets étaient baissés. Dans le magasin, le gaz était en veilleuse, et mon père, tout en mangeant, parlait de Café, le plus vieux de nos chevaux, qu'il faudrait bientôt remplacer.

Plusieurs fois, j'ai tressailli en entendant des bruits dehors, des bruits vagues que je ne m'expliquais pas, des pas traînants, des voix, des allées et venues, comme si on était le matin et que le marché allait commencer.

Soudain, un coup de sifflet strident, pareil à celui que des jeunes gens avaient lancé, les doigts dans leur bouche, un dimanche matin. Mon père se leva, se dirigea vers la porte dont la barre était déjà mise.

— Attention, André..., a protesté ma mère.

Il a entrouvert la porte ; un courant d'air est venu jusqu'à nous, une rumeur.

— Viens, André... Ce n'est pas la peine de risquer un mauvais coup... Si tu veux voir, va plutôt à la fenêtre...

Sans rien dire, je me glissai hors de la cuisine et je montai dans la pièce où il n'y avait pas de lumière, mais où pénétrait un reflet de l'extérieur. C'est alors que la lune m'a frappé, ou plutôt la réverbération du toit du marché qui paraissait lumineux. Il n'y avait encore personne dessus.

On voyait seulement des groupes qui stationnaient, et tout le monde regardait du même côté. Des agents en uniforme étaient dans la boutique du grainetier et dans la pharmacie de M. Bou. A l'étage, le rideau avait été arraché. Je reconnaissais le bas du corps de madame Rambures, assise au bord du lit, et je distinguais aussi Albert, que les hommes bousculaient.

Comme on n'entendait pas les voix, les gestes semblaient incohérents. On devinait des gens qui couraient dans l'escalier. Une lampe s'alluma à l'étage au-dessus, qui comportait deux fenêtres à tabatière et où habitait une vieille femme impotente.

On remua, près de moi. C'était ma tante. Puis,

l'instant d'après, je me retournai et elle n'était plus là. Mon père et ma mère étaient montés.

— Tu ne penses pas qu'il va y avoir une bagarre ? disait ma mère.

Je la sentais dans l'air, moi aussi. Les curieux se tenaient encore tranquilles et silencieux, à part le coup de sifflet, mais on devinait qu'il faudrait peu de chose... J'étais moi-même si tendu que je respirais avec peine, en ouvrant la bouche comme un poisson hors de l'eau...

— Regarde : tante !... haletai-je.

Je la désignais du doigt. Tante Valérie était dehors ! On la voyait sur le trottoir, juste en face de chez Rambures, à côté de l'homme au monocle et des agents. Elle était là, énorme, le ventre en avant, les mains sur le ventre, et personne, Dieu sait pourquoi, n'osait la repousser dans la foule.

— Mademoiselle Pholien doit être dans tous ses états..., remarqua ma mère. Elle qui est si peureuse...

Et elle alla frapper à la cloison.

— Mademoiselle Pholien !... Mademoiselle Pholien !... Venez près de nous... Mais si !... Attendez... Mon mari va aller vous chercher... Descends, André... Elle n'oserait pas sortir toute seule... Je suis sûre qu'elle était à prier dans l'obscurité...

169

Pauvre mademoiselle Pholien, si menue, si légère, si effacée qu'elle en semblait immatérielle ! Ma mère aussi semblait parfois frôler les objets plutôt que les toucher, et j'ai parfois l'impression que c'est un genre de femmes qui a disparu.

... Cela a éclaté au moment précis où, suivant mon père, mademoiselle Pholien se risquait dans la rue où elle n'avait que quelques mètres à parcourir. Un cri est parti, Dieu sait d'où :

— A mort !

Ensuite un silence, comme si les gens hésitaient encore, comme s'ils mesuraient soudain la gravité de cette minute.

Alors, du coin opposé à la place — près de l'épicerie Wiser — un autre cri, lancé d'une voix canaille :

— A bas les flics !

Comme si une fusée venait de paraître dans le ciel, la rumeur est née, sourde, éparse, faite de voix et de piétinements, de protestations, de poussées.

Ce soir-là, l'idée ne m'est pas venue de me demander pourquoi on manifestait, et je crois que personne n'a eu cette idée. Cela paraissait évident. L'émotion montait d'elle-même et n'avait pas besoin de raison apparente.

Les agents eurent le tort de repousser la foule,

et ce ne fut plus un coup de sifflet, mais des centaines de coups de sifflet qui partirent, tandis que je découvrais un premier curieux sur le toit gris du marché.

— Entrez, mademoiselle Pholien... J'ai bien pensé que vous n'étiez pas tranquille...

— Mais qu'est-ce qu'ils ont? protestait la pauvre fille.

— Asseyez-vous... André va nous donner une petite goutte de calvados...

Des gens arrivaient de partout, de toutes les rues d'alentour, et la place, à une vitesse prodigieuse, se couvrait de monde. On entendait, en bas, des heurts contre nos volets, des voix, puis toujours cet étrange bruit de semelles, ce glissement de centaines de souliers sur le pavé.

— Comment n'ont-ils pas pensé à éloigner le pauvre petit?...

Ce n'était pas le moins inattendu de voir Albert, avec son grand col blanc, debout au milieu de la pièce où personne ne s'occupait de lui. Il ne pleurait pas. Il ne savait où se mettre.

Une vitre vola en éclats. Je crois que c'était chez le pharmacien, mais je n'en suis pas sûr, car quelques instants plus tard il y avait dix, vingt vitres brisées à coups de pierres, et c'est alors que la gendarmerie fut appelée.

— Qu'est-ce qu'ils font ? Est-ce que vous comprenez ce qu'ils font, vous, monsieur André ? gémissait mademoiselle Pholien.

— Je suppose qu'ils le cherchent ! répliqua mon père. S'ils l'avaient trouvé, ce serait fini...

Je voyais mes parents dans le noir, avec seulement des reflets sur le visage. Parfois des gens qui, de la rue, levaient la tête vers nous, nous fixaient longuement, car nous devions avoir un curieux aspect.

Il y avait des enfants. Des familles étaient venues là comme à une revue militaire. Des gamins de la rue se faufilaient entre les jambes, poussaient, pour s'amuser, des cris perçants qui ajoutaient au désordre.

Quant à ma tante, par une grâce spéciale, elle trônait toujours dans l'espace réservé, juste devant la porte de la graineterie, en compagnie des hauts personnages, et je jurerais que je l'ai vue leur parler.

— A mort !... Qu'on en finisse !... hurlaient les uns.

— A bas les flics ! ripostaient les autres. Mort aux vaches...

Alors, dans notre abri obscur, une voix s'est élevée, la mienne, et j'imagine le sursaut de mes parents, car j'ai moi-même sursauté en m'entendant dire avec un calme inattendu, inhumain :

— Je sais où il est !

— Tu le vois ?

— Non... Mais je sais où il est...

Et je me levai. Je dis encore :

— Regarde, mère...

Je frappai contre la porte condamnée.

— Il y a la même cachette chez Albert.

On ne m'écouta pas jusqu'au bout. A cause des gendarmes qui débouchaient de la rue Saint-Yon, une vingtaine d'hommes à cheval, des remous agitaient la foule et il y avait contre nos volets une poussée telle qu'on put croire qu'ils allaient céder, que tout le monde roulerait pêle-mêle dans la vitrine et dans le magasin.

— Tu as mis la barre, André ?

Soudain, une idée frappa ma mère. Elle regarda ma tante, dans la rue, puis me chercha dans la pénombre.

— Jérôme... Tu ne lui as pas dit, au moins ?...

— Jamais de la vie !

J'avais rougi. Je me sentais coupable. Une angoisse intolérable me pinçait dans la poitrine. Non ! Je ne l'avais pas dit à ma tante, c'était exact. Mais est-ce que je n'avais pas trop parlé quand même ? Est-ce que je ne le faisais pas exprès, quand elle essayait de savoir, quand elle m'épiait, de sourire d'un air supérieur, et est-ce qu'il ne m'arrivait pas de regarder malgré moi vers la cachette ?

Alors, si elle avait deviné ? Si elle allait deviner ?

— Voilà qu'ils mettent le rideau...

Quelqu'un avait sans doute pensé que le spectacle de la chambre ne faisait qu'exciter la foule, mais quand on vit le rideau noir voiler la fenêtre en demi-lune, une clameur de colère monta, et il y eut une nouvelle poussée en avant, suivie d'un recul, puis encore d'une poussée.

Comment ma mère a-t-elle pu oublier ? Je sens encore, moi, l'odeur du calvados que mon père avait servi. Je revois les chevaux serrés l'un contre l'autre, immobiles, à l'entrée de la rue Saint-Yon.

Est-ce que des hommes allaient leur couper les jarrets ?

Un vacarme. C'était le volet mécanique du café Costard qu'on faisait dégringoler.

— A mort !... A mort !... A mort !...

Ce n'était plus un cri de colère. Si étrange que cela paraisse, la foule s'amusait, scandait ces mots sur l'air des lampions, comme des mots ordinaires.

Elle s'impatientait, la foule. Elle ne comprenait plus. Elle sentait Dieu sait quelle cruauté dans

174

cette chasse à l'homme qui n'en finissait pas. Elle flairait un mystère, l'impuissance de la police, une faute quelconque. Elle se fâchait.

— Qu'on en finisse! hurla la même voix qui avait déjà lancé ce cri.

Le commissaire de police, sur le seuil de la graineterie, voulut parler, mais sa voix fut couverte de huées.

— A bas les flics!

— A bas la police!

— Fainéants!

— Mort aux vaches!...

Et on vit... C'était si inattendu que, pour ma part, j'en eus le souffle coupé. Des silhouettes se dessinaient dans le couloir sombre et étroit qui menait chez les Rambures. D'abord, je n'aperçus que du blanc, du blanc qui avait la forme du col d'Albert. C'était bien lui, en compagnie de sa grand-mère et de deux hommes.

On les faisait sortir, j'ignore pourquoi. Un instant, la foule se taisait, étonnée, elle aussi, cherchant à comprendre. Les agents répétaient:

— Laissez passer!... Laissez passer!...

Et, certes, personne ne devait en vouloir à cette vieille femme qui se tenait droite, ni à ce petit garçon étonné. La poussée vint des derniers rangs où on devinait qu'il se passait quelque chose mais où on ne savait pas quoi. Encore quelques mètres et le groupe atteindrait le coin de la rue Saint-Joseph qui était déserte.

Ce ne fut pas possible. Un agent fut bousculé. Il vacilla, se retint au mur du café. L'autre eut juste le temps de pousser madame Rambures devant lui et d'attraper la main du gamin.

Heureusement qu'ils étaient près de la porte de chez Costard. Ils purent entrer. La porte se referma. Au même instant, des vitres, quelque part, volaient en éclats, des hommes qui ne le voulaient peut-être pas se trouvaient portés par le flot dans le corridor des Rambures que la police essayait en vain de défendre.

— Mais qu'est-ce qu'ils font ? s'impatientait ma mère. Est-ce qu'ils l'ont trouvé ou est-ce qu'ils le cherchent toujours ?

Mon Dieu... ce fut le plus drôle... Ma tante, prise dans le remous, essayant comme de nager avec ses gros bras et sombrant avec la foule dans la boutique du grainetier.

Des gens se montraient, accroupis à la fenêtre en demi-lune, et gesticulaient, la bouche ouverte. Ils criaient, mais on n'entendait rien, tant la rumeur était puissante. Cent, deux cents personnes étaient assises sur le toit du marché et la lune les éclairait si bien qu'on voyait monter la fumée des cigarettes. Des gendarmes étaient descendus de cheval. Sans doute attendaient-ils des ordres? Ils se tenaient le long des maisons et j'en revois un, un grand roux, se tournant vers une porte et se mettant à uriner tandis que ses camarades éclataient de rire, puis qu'un autre l'imitait, un autre encore.

— Ils vont tout casser..., soupira mademoiselle Pholien.

Ce fut un fauteuil qui passa le premier par la fenêtre et qui éclata sur le trottoir, salué par un grand cri de satisfaction, comme une fusée au 14 juillet. Puis un fauteuil plus petit, celui d'Albert, et ensuite une caisse d'horloge.

— Mère!... mère..., appelai-je en enfonçant mes ongles dans le bras nu de ma mère.

— Qu'est-ce que tu as?... Parle!...

Elle dut croire que je m'étais fait mal, ou que j'étais malade.

— Mère!...

Je ne pouvais pas parler. Ma bouche s'ouvrait, l'effort me faisait mal à la gorge.

— Regarde...

La porte... La porte condamnée... Comment cela ne m'avait-il pas frappé tout de suite?... Elle était ouverte...

— Ils l'ont pris...

177

— Mon Dieu, André... On ne pourrait pas coucher le petit ?... Je suis sûre qu'il va se rendre malade...

De la vaisselle... Des casseroles... Tout passait par la fenêtre, et une lampe à pétrole suivit le même chemin, tout allumée ; elle ne s'éteignit qu'en l'air.

On ne voyait plus rien dans la chambre, mais c'était au tour des fenêtres des mansardes. Est-ce que la pauvre vieille était chez elle ? On ne s'en occupait pas et ses meubles venaient à leur tour s'écraser sur le trottoir ..

— Je crois que si les gendarmes chargeaient, dit mon père, cela tournerait à l'émeute.

— Mais qu'est-ce qu'ils ont pu faire de lui ?

— Ils le cachent... C'est pour le protéger... La foule le lyncherait...

Qu'est-ce que c'était, lyncher ? Je l'ignorais et cependant je ne le demandai pas.

Ce fut encore ma mère qui imagina le pire :

— Si jamais ils mettaient le feu !... Tu es sûr que la barre est posée, en bas ?... Monte quand même l'argent, André...

Mon père alla chercher l'argent. Ma mère lui cria du haut de l'escalier :

— Surtout, n'allume pas !

Qui sait, de voir de la lumière, du dehors, cela les exciterait peut-être?

L'horloge du marché était juste devant mes yeux et pourtant, de toute la soirée, de toute une partie de la nuit, je n'ai pas pensé un instant à regarder l'heure. Je devais avoir sommeil. J'aurais dû être couché depuis longtemps. La fatigue ne faisait qu'accroître ma fièvre, qu'exacerber ma sensibilité. Le bout des doigts me faisait mal. Cela m'aurait soulagé de pleurer, mais je n'y parvenais pas.

— On dirait qu'il y a quelqu'un sur...

Mademoiselle Pholien se penchait.

— Deux maisons plus loin... Chez le quincaillier... murmura-t-elle.

Alors, tous les quatre, nous avons retenu notre souffle. Est-ce que nous étions les seuls à voir? Ceux de la place, en tout cas, ne pouvaient pas voir ce qui se passait sur le toit du quincaillier, trois maisons plus loin que la graineterie, à cause de la corniche qui était très large.

Une lucarne s'était ouverte dans le toit très pointu. Un visage avait paru, un homme s'était hissé lentement...

— Il se sauve...

Jamais je ne reverrai pareille synthèse de la peur. J'aurais juré que je reconnaissais l'homme des affiches, avec sa pomme d'Adam saillante et son col de chemise ouvert comme sur la photographie. Il avait un pansement blanc à la main. Quelqu'un le suivait, un agent en uniforme.

Et je compris que ce qui faisait peur à cet homme, ce n'était pas d'être pris, ni même la foule hurlante, *mais le vertige !*

L'agent, qui paraissait avoir l'habitude, le poussait comme un paquet et tous deux atteignirent la crête du toit.

Des cris partirent du toit du marché, d'où des spectateurs avaient vu. Ceux d'en bas, qui ne distinguaient rien, ne pouvaient pas comprendre.

Un instant j'ai cru... Il était debout, vacillant sur la crête du toit, près d'une cheminée, et j'ai senti qu'il allait basculer dans le vide. Je me suis si peu trompé que l'agent a dû le retenir, le pousser sur l'autre versant.

Même nos voix, cette nuit-là, qui n'étaient pas naturelles, qui semblaient venir d'un autre monde, celle de mon père, par exemple, qui prononçait avec un calme inhumain :

— Ils l'emmènent par les toits pour le protéger de la foule.

Il n'avait pas eu le temps de finir sa phrase que des cris partaient d'un autre point et cette fois c'étaient moins des cris de colère qu'une protestation amusée.

Les pompiers, avec leurs casques luisants, venaient de mettre une lance en batterie au coin de la rue Saint-Yon, à l'abri des gendarmes et de leurs chevaux.

Un homme que je ne connaissais pas et qui, paraît-il, était le maire, gesticulait à la fenêtre du premier étage de la pharmacie, essayant de se faire entendre. Quelqu'un avait même eu l'idée, pour faire taire la foule, de sonner du clairon.

J'entendis, en bas, contre nos volets :

— Les sommations...

— Mais non... Les sommations, c'est au tambour...

— Qu'est-ce qu'il dit ?

Et le « qu'est-ce qu'il dit » gagnait de proche en proche, la réponse venait par le même chemin et atteignait notre mur.

— ... Que l'assassin n'est plus là... Il est déjà à la prison... Il demande que chacun rentre chez soi... Il paraît que les pompiers...

Ce furent les chevaux qui reçurent le premier jet dans les jambes, parce qu'au début il n'y avait pas assez de pression. La gerbe d'eau monta, on entendit des jurons, des éclats de rire. Une femme retourna sa jupe sur sa tête et tout le monde se moquait de son jupon de pilou bleu pâle.

— Viens te coucher, Jérôme... Viens... Tu vois bien que c'est fini...

Et c'était fini, en effet, comme ça, bêtement, si bêtement qu'on ne comprenait plus comment, quelques instants plus tôt, l'émotion avait atteint de tels paroxysmes.

En quelques minutes, il n'y eut plus que des groupes isolés sur la place, et les gendarmes, remontant à cheval, poussaient lentement la foule, sabre au fourreau, en plaisantant avec les gens. Ceux du toit du marché redescendaient en s'aidant les uns les autres et un petit gros, qui pourtant n'avait pas eu peur de grimper, avait peur maintenant de redescendre.

Mes mains tremblaient. J'avais froid.

— Si je préparais quelque chose de chaud ? proposa ma mère.

— Donne-lui plutôt une gorgée d'alcool avec un morceau de sucre...

— Tu crois que je peux allumer ?

Alors, doucement, insensiblement, je commençai à pleurer, mais pas à pleurer comme les autres fois ; ce n'était ni tristesse, ni colère ; c'était comme l'expression tiède et liquide d'un grand vide, d'un immense découragement. J'avais envie de me coucher par terre, de rester là, tout seul, jusqu'au lendemain. J'empêchais qu'on me déshabille. Le calvados me faisait tousser et je voulais que mes parents croient que c'était l'alcool aussi qui me tirait les larmes.

— Voici la tante Valérie qui revient...

J'ai regardé malgré tout. Elle était au milieu de la place avec un monsieur que je ne connaissais pas. Elle nous fit un petit signe, de loin, puis elle parla encore un peu, en hochant la tête, les mains sur le ventre ; enfin elle dit au revoir au monsieur comme à un camarade et celui-ci envoya un coup de chapeau.

— Va ouvrir, André... Mais non, mademoiselle Pholien !... Ne rentrez pas tout de suite.. Nous allons manger un morceau...

En bas, les premiers mots de ma tante étaient :

— On l'a quand même eu !... Il a fallu le faire sortir par l'autre rue... Je crois que si la foule l'avait tenu, elle l'aurait déchiré en petits morceaux...

— Couche-toi, Jérôme...

— Non !

Je descendis avec les autres. Je restai debout dans un coin, contre le mur, à les regarder manger. Car ils ont mangé un reste de viande froide et du fromage. Ma mère a préparé du café.

— Aujourd'hui ou dans quelques semaines !... grommela ma laide grosse tante.

Et elle me chercha du regard. C'est pour moi, pour me faire peur, pour me faire mal qu'elle ajouta :

— Il sera quand même décapité...

Ma mère cessa de manger, me regarda elle aussi, puis son regard se posa sur ma tante et je compris que c'était fini, que la sale bête s'en irait.

Je suis sûr que c'est de ça qu'elle a parlé longtemps, cette nuit-là, à voix basse, à mon père.

Ce que j'ignorais, ce que je ne sais que depuis hier, c'est que cela se jouerait en fin de compte sur une question de poireaux.

Nieul-sur-Mer, octobre 1940.

DU MÊME AUTEUR

Impression Bussière Camedan Imprimeries
à Saint-Amand (Cher),
le 3 janvier 2003.
Dépôt légal : janvier 2003.
1ᵉʳ dépôt légal dans la collection : mai 2001.
Numéro d'imprimeur : 025883/1.
ISBN 2-07-041837-5./Imprimé en France.